dear+ novel
kagayakeru kinnoouji to koukyūno ginnohana ・・・・・・・・・・・・・・・・・・

輝ける金の王子と後宮の銀の花

名倉和希

新書館ディアプラス文庫

輝ける金の王子と後宮の銀の花

contents

illustration : 石田惠美

輝ける金の
王子と
後宮の銀の花
kagayakeru kinnoouji to
koukyūno ginnohana

ちいさな黄色い花が、いくつか風に揺れている。晩秋の陽光を受けて、今年最後のきらめきを放っていた。

花壇《かだん》の花はもうほとんど散っている。寂しくなった光景に、リクハルドはひとつ息をついた。植物や風景の絵を描くことが趣味のリクハルドにとって、寂しい冬が訪れようとしている。

ひゅっと冷たい一陣の風が吹き、リクハルドは首を竦《すく》めた。白金色の長い髪は結い上げてあるため、首が寒い。襟巻《えりま》きを持って出てくればよかったと後悔した。

部屋まで取りに戻るのは面倒だ。庭に出て散策できる時間は限られている。リクハルドにとって、とても貴重な時間なのだ。我慢することを選択した。

視界の隅に警備兵の姿があった。外部からの侵入者を警戒しているわけではない。リクハルドを見張っているのだ。広い庭の一角しか歩くことを許されていないうえに、後宮に住むほかのだれとも親しく交流しないよう、警戒されている。

警備兵のすべては去勢されているという念の入れようだ。

「見張っていなくとも、私はなにもしないのに……」

後宮に住む者には貞節を求められるのは常識だが、そんな警戒をされずともリクハルドに関心を抱《いだ》く者などいない。小柄《こがら》で痩《や》せぎすの体格には男らしさのカケラもなく、かといって女のように優美な曲線はまったくない。白金の長い髪はありふれた色だった。

紫の瞳は身内から美しいと称賛された過去があった。しかしこの後宮では、リクハルドの瞳を見つめる者など一人もいない。

ひとつ息をつき、室内着の上に着こんだ分厚い外套《がいとう》の隠しから、てのひら大の手帳を取り出した。それを左手に持ち、先を尖《とが》らせた素描用《そびょうよう》の木炭を右手に構える。

ゆらりゆらりと風で揺れている黄色い花を素早く写生した。この花はもう何度も描いている。なぜなら、毎年この場所に咲くからだ。

リクハルドは花壇のどこにどんな花が咲くか、詳《くわ》しく知っていた。もう十年もこの庭を見てきたからだった。

「上手《うま》いものだな」

背後から男の声がして、リクハルドは仰天《ぎょうてん》した。慌てて振り返ると、そこには白い騎士服姿の若い男が立っていた。

まったく気づかなかった。いつのまに背後に接近していたのか。

男は長身を少し屈《かが》めて、小柄なリクハルドの手元を覗きこむようにしている。

夏の太陽のように輝く豊かな金色の髪と、秋の空のように深い碧色《あおいろ》の瞳が美しい。すこし日に焼けた肌と、厚めの唇からのぞく白い歯が健康的だ。

金の肩章《けんしょう》がついた白い騎士服が眩《まぶ》しい。腰に佩《は》いた剣の鞘《さや》にも金の装飾がほどこされ、その堂々とした体軀《たいく》に似合っている。

「フェリクス殿下！」

このアルキオ王国の第三王子、フェリクスだった。年齢はたしか、二十二歳のリクハルドより三つ年上の二十五歳だったはず。

「私を知っているのか」

「当然です」

直接言葉を交わしたことがなくとも、国の公式行事で見かけたことがある。

「こんなところでなにをしていらっしゃるのですか。ここは後宮ですよ」

「知っている」

「だれかに見つかったら――」

いくら王子でも咎《とが》められる。しかしなぜか、警備兵はさっき立っていた場所にいなかった。ぐるりと見渡したが、ほかの警備兵の姿もない。リクハルドが庭に出るとき、いつも目につくところに立っているのに。

「大丈夫、人払いさせてある」

「え？」

「私はあなたに会うために、ここに忍んできたのだよ」

にっこりと笑ったフェリクスに、リクハルドは唖然《あぜん》とした。

大国アルキオ王国。その王都の奥にある王城の後宮に、リクハルドは住んでいる。

わずか十二歳のとき、祖国ヴィルタネン王国から人質兼愛妾《あいしょう》として、この後宮に入った。

ヴィルタネン王国は北方に位置する小国で、目立った産業はなく、人口も少ない。それゆえアルキオ王国にとって脅威《きょうい》ではなく、ほぼ存在を無視されてきたのだが、十年前、突然に人質兼愛妾を差し出すようにと要請《ようせい》があった。

当時、アルキオ王国内で重臣たちの権力争いが起こり、周辺国からだれがどれだけ多くの有益な人質兼愛妾を集められるか競争があったという。しかし、そんな事情はヴィルタネン王国に関係ない。要請があったことがすべてだ。

ヴィルタネン王国の国王には、嫡男《ちゃくなん》リクハルドと二歳になったばかりの娘、産後の肥立《ひだ》ちが悪くて寝付いたままの妻しか家族がいなかった。

王族はほかに、国王の姉家族だけだ。国王の実姉は人質になりえるが、当時、第三子を妊娠中だった。第一子リストは男子で成人しており、人質にふさわしい年齢かと思われたが、国王の甥《おい》でしかない。アルキオ王国は君主の実姉か実子を求めた。

アルキオ王国の後宮には女性だけでなく男性もいる。五代前の国王が両刀だったために、人質として周辺国から来た美しい男性も、愛妾として入ることになったのがきっかけだった。

いったん後宮に入ると、本人や家族が望んでも国王の許しがなければ里帰りどころか外に出ることすらできない。いわば軟禁《なんきん》状態になる。

伯母が出産を終えるまで待ってもらえるようにアルキオ王国と交渉《こうしょう》することはできただろう。しかし、リクハルドはみずから志願した。産後すぐの伯母と赤子を引き離し、異国に行かせるのはかわいそうだと思ったからだ。

十日間も馬車に揺られてアルキオ王国の王都にたどり着き、リクハルドは八十七番目の愛妾として後宮に入った。

愛妾といっても現在のクラエス国王は完全な異性愛者で、男性に伽《とぎ》を命じたことはないらしい。人質も愛妾もまとめて後宮で世話をすることが習慣化されているだけと聞いてホッとしたリクハルドだったが、月日がたつうちにそれがいいことなのか悪いことなのか、わからなくなった。

望まない性交を強《し》いられてはいないが、国王に関心を向けられていない愛妾など、だれも気にかけてくれない。

後宮には国家予算から莫大《ばくだい》な金が流れているという。けれどそれを分配する権限を持っているのは、第一側妃のシルヴィアだった。

正妃と第一王子が亡くなっているため、王太子となったザクリスを産んだシルヴィアは、国王に次ぐ権力を握っているといっても過言ではない。

シルヴィアは後宮内で贅沢三昧《ぜいたくざんまい》だと聞いた。そのおこぼれにあずかれるのは親しくつきあっている愛妾たちだけ。

そうではない愛妾たちには、最低限の生活ができるていどの金銭しか割り当てられなかった。たとえば無聊《ぶりょう》を慰《なぐさ》める楽器や化粧道具も現金がなければ買えない。故郷に手紙を送ることも、現金がなければできない。

リクハルドはわずかな現金から年に一度だけ故郷の母に手紙を送った。母からも、年に一度の返事があった。おたがいに、それが精一杯だった。

愛妾の中には、裕福な実家に援助を頼んでいる者もいるという。しかしリクハルドにそれはできなかった。ヴィルタネン王国は貧しい。金の無心などできるはずがなかった。

リクハルドは後宮内で時間を持て余した。まだ十二歳なのに教育の機会を与えられず、女性だけでなくほかの男性の人質との交流も禁止されている。なんとか手に入れた粗悪な紙と木炭で絵を描き、リクハルドは荒《すさ》みそうになる心を自分で慰めた。

後宮での生活はもう十年になるが、一年目となんら変わらない。

変化のない日々の中、絵だけは上達しているようだった。とはいえ、それは主観的なもので、身の回りの世話をする侍従たちと親しく雑談などしないから、評価をもらったことなどない。

突然現れた第三王子フェリクスに、「上手いものだな」と言われて、不躾《ぶしつけ》すぎると憤《いきどお》っていいのか、それとも素直に喜んでいいのかわからなかった。

「殿下、私が何者かご存じなのですよね？」

「リクハルド・ヴィルタネン。ヴィルタネン王国の前国王の嫡男だろう」

なるほど、フェリクスはリクハルドの立場を正確に知っているようだ。リクハルドの父は数年前に亡くなっている。

「私に会うためとは、いったいどんなご用件でしょうか」

フェリクスがわざわざこんなところまで忍んでくる理由が、まったく思い浮かばない。

「絵が好きなのか？」

リクハルドの質問には答えず、フェリクスが問い返してきた。

「答えてください、殿下」

「まあまあ、そう急《せ》くな。ゆっくり話そう」

植えこみの近くに置かれた木製のベンチに腰を下ろし、フェリクスは隣に座れと手で促《うなが》してくる。しかたなくリクハルドはそこに座った。

フェリクスは上品な笑顔を崩さず、鷹揚《おうよう》な態度に終始しているが、やはり大国の王子だ、どこか傲慢《ごうまん》な空気をまとっている。

「手帳を見せてくれないか」

フェリクスは断られるとは微塵《みじん》も思っていない口調で言う。しぶしぶ渡した。一枚ずつ丁寧にめくり、フェリクスは木炭で描かれた花や樹木を鑑賞していった。

「本当に上手いな。あなたはどこで絵画を習ったのだ？」

「独学です。ここに来てからはじめた趣味なので……」

「そうなのか。独学でこれだけ描けるとは、あなたの努力のたまものなのだろうな」

微笑《ほほえ》みながら手帳を返され、リクハルドの胸に喜びがじわりと広がる。いまの言葉は本心のように聞こえた。

生まれたときから本物の芸術品に囲まれて育ってきたフェリクスが、リクハルドの絵を褒《ほ》めてくれたのだ。

「彩色したものはあるのか？」

「ありますけど、ほんのすこしです」

「彩色は苦手なのか」

「いえ……。その、絵の具をあまりたくさん持っていないので」

「たくさん持っていない？　なぜだ。後宮に出入りしている商人に頼めば、仕入れて持ってきてくれるのではないか？」

不思議そうに小首を傾《かし》げる苦労知らずの王子に、リクハルドは苦笑した。

「絵の具は贅沢品に入ります。私はそうしたものを好きなだけ買えるほどのお金を持っていませんから」

隠すことなく実情を話した。思いがけない理由だったのか、フェリクスはしばし無言になった。

「後宮には国庫から莫大な予算が出ている。それを第一側妃シルヴィアがひとりじめしているという話は、本当だったのだな」

フェリクスが低く呟く。その横顔は真剣で、碧い瞳がぎらりと光った。一変した様子に、リクハルドは「おや？」と思う。

「ここでの生活はどうだ」

「どう、とは？」

「困ったことはないか。その、金銭的なもの以外で」

もしかしてフェリクスは後宮の内情を知りたいがために、忍びこんできたのだろうか。

「困ったことはありません。衣食住は足りていますし、制限つきではありますが、こうして庭を散策することも許されています。でも」

「でも、なんだ？　シルヴィアに虐《しいた》げられたりしているのか？」

的外れな発想に、リクハルドは思わず笑ってしまった。

「なんですか、それ」

クスクスと笑ったら、フェリクスが不機嫌そうに口を歪めた。

「笑うことはないだろう」

「シルヴィア様は、私のような取るに足らない存在には見向きもしませんよ。虐げるもなにも、お会いしたことすらありません。そもそも私のことをご存じなのでしょうか」

「そういうものなのか」

「そういうものです。あの方は、国王陛下の寵愛《ちょうあい》を得ることだけを考えて生きてきたのですから、敵にすらならない私のことなど眼中にありません」

「だから予算も回さないのか」

「……でしょうね……」

「でも、の続きを話してくれ」

「……私は十二歳のときにここに来ました。そのときに国から持参した数冊の本は、もう暗記できるほどにくりかえし読みました。もうすこし自由が認められて、予算が回してもらえるのならば、本を読んだり学んだりしたいです」

リクハルドは木炭で汚れた右手の指を、左手で擦《こす》った。

きっとシルヴィアの指は白く真《ま》っ直《す》ぐで、爪はいつも赤く染められているのだろう。彼女はもう四十代半《なか》ばになったと聞いている。遠目で見かけることしかないが、いまだに美しい。

あの若さを保つための美容と美食、その身を飾るためのドレスと宝石に、いったいどれだけの大金がつぎこまれているのだろうか。

「……あなたはもう十年もここにいると聞いた。私の父やシルヴィアを恨《うら》んでいるか」

静かに問われ、リクハルドはフェリクスを見た。三歳年上の王子は、少年のような潔白さを内に秘めているように感じた。

「恨んでなどいません」

「本音を話してくれてかまわない」

「いえ、嘘ではありません。私の故郷、ヴィルタネン王国は貧しく、非力です。私ひとりがここにいるだけで、国の存続が許されるのです。ありがたいことです」

ふふ、と笑ってみせると、フェリクスは意表を突かれたような顔になった。何度かまばたきをして、「そうか」と俯《うつむ》く。

「あなたは、優しい人なのだな」

そっと耳元に囁くように言われ、リクハルドはドキッとした。

するりとフェリクスの右手が伸びてきて、リクハルドの左手を握った。息を飲んでしまうほど驚いた。

「リクハルド殿」

この十年間、こんなふうにだれかに触れられたことはない。国を出てくるとき、両親と別れの挨拶《あいさつ》として握手したのが最後だ。

フェリクスの手は体格にみあった大きさで、リクハルドの手をすっぽりと包んでしまっている。

「あなたと話せてよかった。また忍んできたら、会ってくれるか」

「え……、また?」

握られた手と、一瞬も逸《そ》らされることのない碧い瞳に囚《とら》われたかのように、リクハルドは身《み》

動《じろ》ぐことができない。

会えない、と言わなければならない。もし見咎められたら、リクハルドも罰《ばっ》せられるかもしれないのだ。

けれどなぜか、なにも言えなかった。

「ここはとても静かだ。王宮は雑音だらけでね。心が安まらない。それに、まだいくつかあなたに聞きたいことがある」

「私に……」

「会いに来る」

「でも、だれかに見咎められたら――」

「大丈夫だと言っただろう。後宮の責任者である女官長のゲルダは、私の味方だ。それに、あなたがだれにも話さず内緒にしてくれればいい。話したりなんか、しないだろう？」

「……しませんけど……」

「また来る」

最後にぎゅっと強く手を握りしめてくると、フェリクスは立ち上がった。リクハルドをベンチに残し、颯爽《さっそう》とした足取りで去って行く。

呆然《ぼうぜん》と見送ったあと、リクハルドはなんとなく左手を胸に引き寄せて、右手で包みこんだ。時間を置いてから、心臓がドキドキしてくる。

（いったい、なんだったのだろう……）

一陣《いちじん》の風のように、リクハルドの心を乱して帰って行った第三王子フェリクス。溢《あふ》れる生命力と、人の目を惹《ひ》きつける人間的な魅力。王太子よりも国民の人気が高いというのも、頷ける。

（……また来るって……いつ？）

戸惑いが胸に満ちる。しかしそれは、フェリクスの真意がわからないことと、自分の中にその日を待ちわびる気持ちがあること——そのふたつに対する戸惑いだった。

◇

フェリクスの帰りを執務室で待っていたのは、近衛《このえ》騎士団の団長グスタフだった。

「殿下、首尾は？」

グスタフに問われ、フェリクスはひとつ頷いた。

「まあまあだ」

四十歳になるグスタフは、その屈強な体軀を深緑色の騎士服に包んでいる。赤味がかった茶色い髪と眼光鋭いつり目、鷲鼻《わしばな》、がっしりとした顎《あご》が特徴《とくちょう》だ。いつもはにこりともしない不機嫌そうな表情なのに、いまは口角が上がっている。

「殿下に心を開かない者などおりません」

「おまえは俺を買い被《かぶ》りすぎだ。まあ、リクハルド・ヴィルタネンは、思っていたとおり御《ぎょ》しやすそうな男だった。俺に対して不審そうにしながらも、完全には拒《こば》んでいない。何度か通い、すこしずつ距離を縮めていけば、警戒を解くだろう。そうすればあとは籠絡《ろうらく》するだけだが――」

リクハルドのあまりの純真無垢《じゅんしんむく》さに、フェリクスは怖《お》じ気《け》づいている。

「二十二歳にもなって、あれでいいのか」

「うまくいきそうですな」

「うまくいきすぎだ」

とりあえず、出会って知り合いになるという、一回目の目的は果たせた。

「ゲルダ女官長に礼を言っておいてくれ」

「あれは私の女です。殿下のお役に立つことができて、たいそう喜んでいることでしょう」

「父上の病状は思わしくない。計画は急がなければならないが、焦《あせ》ってもいけない。リクハルドを有能な駒《こま》に育てるためには、あるていどの時間が必要だ。……年内にはかならず」

自分に言い聞かせるように、フェリクスは呟いた。

フェリクスは大国アルキオ王国の第三王子として生を受けた。母親は第二側妃ソフィで、国内有数の大貴族家出身だった。

父王の関心は、第一側妃シルヴィアとその息子で王太子のザクリスに向いていた。ソフィにはあまり愛情がないようだったが、実家が大貴族ということもあり、ないがしろにされたことはない。

しかし、生まれた順番だけで、二歳しか年上でないザクリスが次代の王になることがフェリクスには納得できなかった。

ザクリスは生まれたときから二十七歳になる現在まで、母親にすべてを支配されている。それをはね除けるほどの気概《きがい》はなく、二十歳で上級貴族の令嬢と結婚し、一男一女に恵まれたのに、なににおいても家族より母親を優先するほどだ。

あの頼りない異母兄がこのまま玉座に就いてしまったら、シルヴィアが実権を握るだろう。そうなれば、いくら歴史ある大国といえど危うくなりかねない。

彼女はひどく感情的な性格の上、人に頼りにされると気分がよくなる悪癖《あくへき》の持ち主で、さらに宝石や金貨が大好きだ。いまの立場でも賄賂《わいろ》を送られては国政の人事に口を出したり、自分の命令に従わないからと大臣を投獄《とうごく》しようとしたりする。シルヴィアに絶対的権力を持たせてはいけないのだ。

フェリクスは十七歳で成人して以降、国政に携《たずさ》わってきた。国軍に騎士として在籍しながらも、国王の従弟《いとこ》である財務長官の下で日々学び、経験を積んでいる最中だ。

国政は簡単ではない。大国だからこその難しさがあるし、周辺国との均衡《きんこう》も考えなければならない。

（シルヴィアを王宮から追い出すことができれば……。あの女さえいなくなれば、母親に依存しているザクリスでも自立できるかもしれない。そうならなければ、王太子の座から下りてもらうことになる）

王位継承権はフェリクスよりもザクリスの息子の方が上だが、まだ五歳の幼児など、どうとでもなる——。

国王クラエスは、この一年ほど病床についている。まだ五十代半ばではあるが、弱った心臓は回復の見込みがないと医師に診断されていた。

クラエスは覇王《はおう》ではなかった。しかし二十九年にわたる在位中、平和を維持《いじ》した。人口が増え、工業は発達し、文化は繁栄した。

フェリクスは父を敬《うやま》っている。自分にあまり関心を向けてはくれなかったが、父が守った国を、つぎは自分が守りたい。そしてさらに発展させるのだ。

シルヴィアを、破滅させるなにかはないか。

フェリクスは腹心のグスタフとずっと協議を重ねてきた。

グスタフはフェリクスがもっとも信頼している臣下だ。フェリクスが幼児のころに専任護衛騎士となり、付き合いはもう二十年以上になる。王家ではなくフェリクス個人に忠誠を誓《ちか》ってくれている、ある意味、道を外れた近衛騎士だ。

剣の腕はもちろん国内随一《ずいいち》で、馬術も年齢による衰《おとろ》えはまったくない。戦術戦略の知識も豊富で、国軍に在籍させた方がその才能を発揮《はっき》できるとわかっていながら、フェリクスはグスタフを近衛騎士団の団長に推《お》した。

自分の身近に置き、強力な味方になってもらいたかったからだ。

ある日、グスタフからひとつの情報がもたらされた。

「シルヴィア様には、長年通じている男がいるようです。ゲルダからの情報なので、まちがいはないと思います」

側妃も愛妾も、貞節を求められる。国王以外の男と通じると、姦通《かんつう》の罪で罰《ばつ》が与えられるのだ。そのため後宮で働くのは女と、去勢された男だけだった。

「シルヴィア様はご自分の居室周辺を、息のかかった者で固めています。ゲルダは後宮の責任者ですが、私と深い関係にある女だと周知されているため、近づけないのです。私とフェリクス殿下が強い絆《きずな》で結ばれていることも、広く知られていますから」

耳に入れるのが遅くなって申し訳ない、とグスタフは頭を下げた。

「ゲルダはシルヴィア様の侍女の中で、待遇《たいぐう》に不満を抱《かか》えている若い女に声をかけ、買収したようです。しかしシルヴィア様の居室は広く、一人ではなかなか家捜しがはかどらない様子。不義密通の証拠になりそうなものは、まだ見つかっていないということです」

なるほど、とフェリクスは考えこむ。

「もし、その証拠が父上存命中に発見できれば、血を見ることなく平和裏にシルヴィアを追放するこどができるな」

国王の死後、ザクリスが王位に就き、シルヴィアが権勢を振るうようになったとしたら、剣の力でもって強制的に排除するしかないと考えていた。

しかし、できればそれは避けたい。王宮を血で汚したくないし、そうしたやり方は後世に恨みを残す。

「父上にシルヴィアの裏切りの証拠をつきつけ、追放令を発してもらうのが一番だ。病床の父上には酷《こく》なことだが」

国王クラエスが正妃以外にもっとも愛情を向けたのが、シルヴィアだった。

王妃と第一王子を病で亡くし、意気消沈《しょうちん》していたところに現れたのが、成人したばかりの十七歳のシルヴィアだったそうだ。

潑剌《はつらつ》と若く、美しいシルヴィアに、そのときのクラエスは救われたのかもしれない。

「父上は、シルヴィアを愛している。すでに四十代半ばにもなるのに、父上にとっては可愛《かわい》い側妃なのだろう。だからこそ、裏切られていたと知ったら激怒するだろうな」

「そのとおりです」

「シルヴィアは下級貴族出身のくせに、自負心だけは一人前以上だ。おそらく、密通の相手は相応の地位にある男だろう。若いだけの近衛騎士や出入りの商人には手を出さないと思う」

もし相手が重臣だったなら、一時の火遊びではすまされない。しかも長年続いているとなると、情が絡まないわけがない。

　これは使える。

「しかし、ゲルダとその買収した侍女が証拠を摑めないとなると、どうすればいいのだ」

「できればもう一人、後宮内に協力者がほしいとのことです」

「侍従か？」

「侍従では目立つでしょう」

「では愛妾か？　後宮には百人もの愛妾がいて、父上の手がついているのは十人ていどだと聞いている。莫大な後宮の予算をシルヴィアが握っているため、貧しい暮らしを強いられている愛妾もいるらしいから、買収するのは可能だろうな」

　しかし、金だけで繫《つな》がった場合、それ以上の金額を提示されたら簡単に寝返ることがある。姦通の証拠を見つけてもゲルダに報告せず、シルヴィア側に金銭交渉《こうしょう》を持ちかけることもあるだろう。

「そこで私に案があります」

「なんだ？」

「これを」

　グスタフはゲルダから借りてきたという分厚い名簿を、フェリクスに差し出してきた。

　そこには愛妾たちの名前と出身地、生年月日、髪の色や瞳の色、性格などが書かれていた。

実家の経済状態や、家族との関係も詳細《しょうさい》に記されている。

フェリクスはゲルダに数度しか会ったことはないが、有能なグスタフが長年関係を続けているだけあって、仕事ができる女らしい。

素晴らしい名簿に感心しながらパラパラとめくっていたフェリクスの手を、グスタフがある頁《ページ》で止めた。

八十七番と記された愛妾の名は、リクハルド・ヴィルタネン。

「陛下、後宮には女の愛妾だけでなく、人質として近隣国から差し出された男もいることはご存じですか」

「もちろん知っている。それがなんだ」

「人質の中から協力者を作ってはどうでしょう」

フェリクスは眉間《みけん》に皺《しわ》を寄せた。

「人質の、男か？　男は女の愛妾よりも後宮内での行動を厳しく制限されているはずだ。うろついていたらすぐに見咎められるだろう。協力者には相応《ふさわ》しくないのではないか？」

「侍女に化けられるくらいの背格好で、若ければいいでしょう。肝心《かんじん》なのは、殿下を裏切らない、という点です。金銭で釣られず、たとえシルヴィア様に見つかって拷問《ごうもん》を受けたとしても、殿下の手駒だと口を割らないほどの忠誠心がほしい」

「それほどの信頼関係を築くためには、時間がかかると思うぞ。父上の病状を考えると、仕込みに何年もかけてはいられない」

「なに、それほど時間はかかりません。殿下が、その魅力で籠絡してしまえばよいのです」

「なんだと？」

グスタフが八十七番目の頁を指さした。

「リクハルド・ヴィルタネン――。ヴィルタネン王国の元王太子です」

「俺が、この者を？」

「そうです。リクハルド・ヴィルタネンは十年前、人質兼愛妾として我が国に差し出されました。当時は王太子という身分でした。しかし君主はもう代替わりしています。かわいそうに、国の犠牲《ぎせい》になってわずか十二歳で人質になったのに、父親の葬儀《そうぎ》のために帰国することも許されず、玉座は従兄《いとこ》のものになったそうです。シルヴィアのせいで生活費はぎりぎりしか支給されておらず、故郷の母親との手紙のやり取りは年に一度だけ。十年間、この者は孤独に過ごしてきました。さぞかし人の優しさと温《ぬく》もりに飢《う》えていることでしょう」

「……グスタフの人物評は当たっていると思うが……」

「おまけに成人男性としては小柄で痩身《そうしん》だそうです。十二歳からの人質生活は、それだけ過酷《かこく》だったのかもしれません。侍女に化けてシルヴィア様の居室に忍びこむにうってつけだと思います」

フェリクスは八十七番目の頁をまじまじと見つめる。自分がこの男を？

「女に色恋を仕掛けると、あとで面倒なことになりかねません。妊娠されても困りますから。それに、もし国王陛下が、殿下が人質の男と一時期そういう関係だったと小耳に挟《はさ》んでも、たいしてお怒りにはならないでしょう。愛妾とは名ばかりの、ただの人質ですからね。しかもたいして重要ではない小国の元王太子です。ああ、もちろん、殿下にそこまでの関係を強いるつもりはありません。体を使わずとも、殿下の魅力でじゅうぶん相手を虜《とりこ》にできると思っています」

そう言いながら、グスタフの目は、体を使ってでもこの男を言いなりにしてほしいと訴《うった》えている。

フェリクスは同性との経験がまったくないわけではない。騎士として軍に所属しているため、日常的な訓練だけでなく、郊外での長期演習にも参加したことがある。一ヵ月におよぶ演習のあいだ、成人したばかりの若い兵士に天幕まで来てもらって欲望を発散したことがあった。

男ばかりの軍の中では、そうした習慣があると教えられ、そういうものかと思って試しただけだ。相手も納得ずくだったので、行為は問題なく終わった。挿入《そうにゅう》して穴の中に出すだけなら、男も女もたいして変わりはないなというのが感想だった。それをグスタフは知っている。

リクハルドというこの男が、よほど容姿と性格に難がある者でなければ、フェリクスは抱けるだろう。しかし――。

「グスタフ、この男は自国のために、おのれの人生を犠牲にする覚悟で我が国に来た者だ。

きっと悪い男ではない。親しくなるほどに何度も会っていたら、俺は――」

「そこは割り切っていただかないといけません。多少の情が湧いたとしても、国のためだと切り捨ててください」

国の大義の前では、個人の感情など些末《さまつ》なもの。それは施政者として心得ておかなければならない姿勢だ。そのくらいのことは、フェリクスとていまさら言われなくともわかっている。

「すべては国の将来のためですぞ」

グスタフに叱《しか》るように強い口調で言われ、フェリクスは顔を上げた。

「国の将来……」

「シルヴィア様から国を守るためです。殿下には救国の王子になっていただかないといけません。そして来年には、ゼーデルホルム家のご令嬢との結婚も控《ひか》えています。殿下はご自分の後ろ盾《だて》をさらに強固なものとするため、名門ゼーデルホルム家との縁組みをみずから希望された。すべては国のため、民のためだったはずです。それを忘れてはいけません」

揺るぎないグスタフの言葉に、フェリクスは励まされた。ここで躊躇《ためら》っている時間はないのだ。

「わかった。やってみよう」

決心したフェリクスに、グスタフは頷く。

「まずはこの男の人となりを探るために、一度後宮に忍びこみたい。ゲルダに段取りを命じてくれ」

そうしてフェリクスはリクハルドの前に現れたのだ。

◇

その日、なんとなく予感がしていた。

フェリクスにはじめて会った日から三日後、彼はまたリクハルドの前に現れた。

「やあ、こんにちは」

白い騎士服と黄金の髪、碧い瞳。植えこみの向こうから爽《さわ》やかな笑顔でリクハルドに歩み寄ってくると、フェリクスはまた手元を覗きこんできた。

「なにを描いていたんだ?」

今日はあまり天気がよくない。厚い雲に覆《おお》われた空は薄暗く、冷たい風が吹いていた。黄色い小花は散ってしまったため、リクハルドは枯れかけた葉を写生していた。

「……ずいぶん情緒ある対象物だな」

「こんなものしか描くものがないだけです」

フェリクスは後宮の庭をぐるりと見渡して「そうだな」と納得したように頷いた。

「今日はあなたに贈り物がある」

フェリクスは懐から一本の絵筆を取り出した。繊細《せんさい》な色づけができそうな、細い筆だった。持ち手の部分に、画材道具の有名店の名前が彫られている。絵を描く者にとっては、あこがれの店名だ。

わあ、と思わず手を出しそうになり、ハッとして引っこめた。

「そんなもの、いただく理由がありません」

「このあいだ、私と話をしてくれた礼だ」

「単に話しかけられたので答えただけです。お礼をいただくほどのことではありません」

「そうか？　私は楽しかった。とても新鮮だったからな。また来ると言っただろう？　もう一度会いたいと思うほど、あなたとのひとときを楽しんだのだ」

嫌みのない笑顔でさらりと言ってしまうフェリクスに、リクハルドはなんだかくすぐったい思いをした。

「受け取ってくれないか。私は絵を描かないので、あなたがもらってくれなければ、この筆の行き場に困る」

「……殿下のお母上様に贈ればよろしいのではないでしょうか」

「ああ、その手があったか」

フェリクスは目を丸くして手を打った。

「しかし、母上に贈るために買ったものではない。あなたに使ってほしくて、今日持ってきたのだ。ぜひ、受け取ってくれ」

ぐいぐいと差し出されて、迷った末に受け取った。礼だと言われたら固辞するのも失礼だと思ったし、高級絵筆にどうしようもなく興味を惹《ひ》かれたのだ。

美しい筆に見入ってしまう。どんな使い心地だろう、とわくわくしてくる。

「あなたは私の母が絵を描くことを知っているのだな」

「もちろん、存じ上げています。一度だけですが、ソフィ様の描かれた絵を拝見したことがあります。とても素晴らしい風景画で、青い湖と森が美しかったのを覚えています」

数年前、後宮の広間に、期間限定でソフィの絵が飾られたのだ。それを通りすがりに観覧することを許された。第二側妃の趣味が絵だと聞いて知っていても見るのははじめてで、深い感銘《かんめい》を受けた。きっとソフィは感受性が高く、心が豊かで、素晴らしい女性なのだろうと想像した。

「それはきっと東の離宮からの眺めだろう。きれいな湖があるのだ。とても澄んでいて、避暑にいい。子供のころによく遊びに連れて行ってもらった」

フェリクスがどこか遠い目をして述懐する。母親とのいい思い出なのかもしれない。

「どこをとっても絵になる風光明媚《めいび》な場所だった。いつか、あなたを連れて行きたい」

「行けるわけがないでしょう」

王子の軽口に呆《あき》れた笑いを漏らし、リクハルドは葉の写生を続ける。

人質兼愛妾が後宮を出るときは、国王が亡くなったときだ。王子と避暑に出かけることなど、できるわけがない。

そのとき、ビュウと強い風が吹いた。今日のリクハルドはしっかり首に襟巻きをつけている。しかしフェリクスは騎士服だけの格好だ。寒かったのか、クシュンとくしゃみをした。

「あ、失礼」

焦《あせ》ったようにリクハルドに謝ったフェリクスだが、立て続けにクシュンクシュンと二度、三度とくしゃみをした。

「そのような格好で外に出てくるからです。マントはないのですか」

「いまは持ってきていない」

フェリクスの鼻の頭が赤くなっている。もう帰ればいいのに、フェリクスはリクハルドから離れようとしない。

しばし逡巡《しゅんじゅん》し、リクハルドは仕方ないとため息をついた。

「私の部屋を風除《よ》けに使ってください」

「……いいのか？」

「あくまでも風除けです」

「ありがたい」

「驚かないでくださいよ」

「なにを驚くというのだ?」

首を傾げたフェリクスだが、リクハルドの部屋に入るなり絶句した。

がらんとした部屋には古ぼけた寝台と引き出し、食事用の小さなテーブルと椅子が一脚という殺風景さだ。

壁紙もカーテンも色褪《あ》せて元の柄はわからなくなっており、絨毯《じゅうたん》はすり切れてところどころ床板が透けて見えている。

暖炉《だんろ》に薪《まき》はない。秋が深まってきて朝晩が冷えるようになったが、リクハルドのところにはまだ薪が支給されていなかった。生活費に余裕がある愛妾は、とうに暖炉を使用して暖を取っているだろう。

フェリクスを招き入れはしたが、体を温める火もなければ、もてなす茶もない。

「どうぞ、ここにかけてください」

唯一の椅子にフェリクスを促《うなが》したが、大柄の男が勢いよく腰をかけたら壊れるのではないかと思うほどに頼りない作りだ。フェリクスもそう思ったのか、そっと座った。椅子はギシリと軋《きし》んだが、なんとか持ちこたえて壊れなかった。

風がないだけで室内も寒い。リクハルドは羊毛の膝掛けを貸した。十年前、母が持たせてくれた膝掛けには、山脈と山羊《やぎ》の図案の刺繍《ししゅう》がしてある。それをじっと見下ろし、フェリクスは指で優しく触れた。

「これは、あなたの故郷で作られた膝掛けなのか？　丁寧な刺繍が施《ほどこ》されている」

「母の手製です。私の健康を願って、一針ずつ刺してくれたのだと思います」

そうか、とフェリクスは黙る。そしてもう一度、ぐるりと部屋の中を見回した。

「このような暮らしは、後宮ではあたりまえなのか？」

「どうでしょう……わかりません。ほかの方たちとは一切交流がないものですから。ただ、実家に援助を願うことができる方たちは、もう少し過ごしやすい環境を作ることができると思います。私の場合は、それが望めませんので……」

「後宮の予算配分を、側妃が独断で決めるのはよくないことなのだな。それがよくわかった」

フェリクスが硬い声でそう言う。座る場所がないので、リクハルドは立ったまま、苦々しい顔つきになっている王子を見下ろした。

「あなたには、なんら生活の足しにならない絵筆などではなく、家具調度品を贈ればよかった」

「家具調度品？　そんなたいそうなものを贈られても困ります」

「いや、この暮らしぶりを見てしまったからには、なにかせずにはいられない。それに椅子が一脚しかないと、向かい合ってゆっくりあなたと話すこともできないではないか」

「また私に会いに来られるおつもりですか？　しかも今度はこの部屋まで？」

「来てはいけないのか」

碧い瞳がまっすぐに見つめてくる。きらめく瞳の圧に、リクハルドは困惑しながら視線を逸《そ》らした。

「私はいま財務大臣の下で働いている。この国の税の流れを健全に保つためにはどうするべきか、学んでいる最中だ。後宮の予算について、改善すべきところがあるならば正していかなければならない」

「財務……？　てっきり国軍に所属されているのかと思っていました」

いつどこで見かけてもフェリクスは騎士服を着ていた。剣の腕はかなりのものだと、噂《うわさ》で聞いたこともある。

「もちろん騎士の称号は持っている。国軍に所属しているから、有事の際には先頭に立って国を守るつもりだ」

第三王子という立場なのだから、もっと呑気に暮らしていると勝手に想像していた。ずいぶんと勤労意欲のある殿下のようだ。知らなかった。

「こんど来るときまでに、この部屋に椅子をもう一脚運ばせるように手配しておく。あと、薪も必要だな。私が寒い」

ニッと笑い、フェリクスは立ち上がった。膝掛けを丁寧に折りたたみ、椅子に置いてくれる。

頭一つ分ほどの身長差があるため、近くに立たれるとずいぶん首を反《そ》らさなければならなかった。

「椅子が届いたら、受け取っておくように」

「椅子……」

本気らしい。リクハルドはそこでハッとした。家具を受け取るということは、もしかして――。

「あの、殿下、まさか絵筆はお返ししなければなりませんか」

「え?」

「だって、これは礼なのですよね? 家具も礼ならば、こちらは余剰分《よじょうぶん》ということになり、殿下にお返しした方が……」

返したくない。けれどリクハルドは懐に入れた絵筆を取り出し、おずおずと差し出す。

フェリクスはしばし黙ったあと、プッと吹き出した。あははは、と声を上げて笑ったので、リクハルドは目を丸くした。

ひとしきり笑ったあと、フェリクスは「返さなくてもいい」と言ってくれた。

「一度贈ったものを取り返すほど、私は狭量《きょうりょう》ではない。それに椅子は、私が使う予定なのだから、礼ではない」

フェリクスは目を細めてリクハルドを見下ろす。そして絵筆を握ったままの手を取り、その甲にそっと唇を押しあてた。

まるで淑女《しゅくじょ》にする挨拶のように。

(なにそれ)

呆然としているリクハルドに、「また来る」と言い置いて、部屋を出て行った。

その翌日、はやくも椅子とテーブルが届いた。フェリクスが全体重をかけてもビクともしないような頑丈な作りの椅子と、揃《そろ》いのテーブルだ。ゲルダが指揮《しき》をして、運んできた侍従たちに部屋の真ん中に設置させる。

そして大量の薪も届いた。暖炉の横に積まれていく薪に、リクハルドは啞然とする。

侍従が全員退室してから、ゲルダが手に提げていた籠《かご》をリクハルドに渡してきた。布ナプキンで覆《おお》われた中には、紅茶の缶があった。

「明日のお茶の時間に、また殿下がいらっしゃいます。暖炉に火を入れて部屋を暖め、そこで湯を沸《わ》かし、お茶を淹《い》れておもてなしするように。いいですね？」

頷くことしか許さない、といった目で命じられ、リクハルドは気圧《けお》されるように「はい」と返事をした。

予告どおり、翌日の午後、フェリクスはリクハルドの部屋までやって来た。

彼が入ってきたとたん、陰気で殺風景な部屋が一気に明るくなったような錯覚《さっかく》を覚えた。

「やあ、こんにちは、リクハルド殿。招待に応じて馳《は》せ参《さん》じた」

優雅に腰を折って大袈裟《おおげさ》な貴族の礼をする。気障《きざ》ったらしいが、フェリクスにはよく似合っていた。

「招待していません」

つい硬い口調で否定してしまった。王子の軽口に合わせせられるほど、気持ちに余裕はない。

フェリクスはあたらしくなったテーブルと椅子に言及することなく、リクハルドが促すまえに我が物顔で座った。脇に挟《はさ》んでいた平たい包みをテーブルの端に置き、赤々と火が燃えている暖炉をちらりと見る。

リクハルドはお茶を淹れた。来客用の茶器などないから、リクハルドがふだん使っているカップを使う。色も柄も異なっている、素朴《そぼく》な風合いのカップだ。

「どうぞ」

リクハルドがテーブルに置いたカップを、フェリクスはまじまじと凝視《ぎょうし》していた。もしかしたら、こんな庶民的なカップを見たことがなかったのかもしれない。

しかしなにも言わずに、お茶を飲んだ。

「一昨日《おととい》の礼に、今日はこれを持ってきた」

四角い包みを差し出してくる。その形状がどう見ても書籍で、リクハルドは興味が先に立ち、拒《こば》むことができなかった。

包みを外すと、立派な装丁の書籍が現れた。つい目が輝いてしまう。旅行記だった。

「それは我が国の外交官だった男が書いたものだ。守秘義務があるから、国と国との事情などはいっさい省かれている。諸外国の王族のしきたりや、庶民の風習、祭事、失敗談などがおもしろおかしく、旅行記としてまとめられている。数年前、話題になり、この王都だけでなく国中でよく売れたらしい」

「すごい……。挿絵《さしえ》もある……」

ぱらりとめくると、見たことのない建築物が描かれた絵があった。その国の民族衣装を着た男女の絵もある。

「私も読んだ。なかなか興味深かった。あなたも読んでみるといい」

「貸していただけるのですか。ありがとうございます！」

本を胸に抱きしめて礼を言ったら、フェリクスが嬉しそうに笑った。

「それほど本が好きなら、また持ってこよう。どういう種類のものがいいのだ？」

喜び方が、つぎの本をねだっているように見えたのかもしれない。リクハルドは焦った。

「いえ、そんな、これだけでじゅうぶんです。本は高価なものですし――」

「たしかに本は高価だ。しかし、わざわざ新品を購入するのではなく、私の書棚から持ってくる分には、あなたが遠慮《えんりょ》することはないのではないか？」

「でも……」

「私は一度読み終わった本は、ほとんど読み返さない。書棚に飾られるだけではもったいないと思わないか？」

そんなふうに言われてしまうと、「そうかもしれない」と納得しそうになってしまう。

「以前、学びたいと言っていたな。あなたは絵を描く以外では、どのような分野が得意なの

だ？」

「分野……。どうでしょう。わかりません。私は十二歳までしか教育を受けていないので、どの分野も入口までしか――」

「そうか。では何冊かいろいろと持ってきてみよう。その中で興味を持てたものがあれば、教えてくれ」

「ありがとうございます」

まさかの申し出に、リクハルドは感謝の気持ちでいっぱいになった。

「あの、お茶のお代わりはどうですか」

「もらおうか」

いそいそとあたらしいお茶を淹れ、フェリクスのカップに注ぐ。

「あの、テーブルと椅子を、ありがとうございます。あと、暖炉用の薪も……」

「必要だと思ったから手配した。いままでが異常だったのだ。辛《つら》い思いをさせて、申し訳なかった」

フェリクスの責任ではないのに、王族として謝罪してくれた。誠実な人なのだと、リクハルドは受け止める。

帰り際、フェリクスはまたリクハルドの手の甲にくちづけた。

「その旅行記だが、全三巻になる。続きも持ってこよう」

微笑みながらそう言って去って行ったフェリクスを、リクハルドは廊下に出て見送った。

◇

フェリクスの一日は、だいたい決まっている。午前中は剣技や馬術の鍛練《たんれん》をし、昼食後は与えられた執務室で書類仕事をしたり、財務大臣とともに国政会議に出席したりする。いまでは理解できない専門用語はずいぶん減った。しかし国政は奥が深い。いくら学んでも、もうじゅうぶんという段階は来ない。

終業時間まで働いたあと、休日前なら社交界に存在感を示すために夜会に出たり、青年貴族たちと酒を酌《く》み交《か》わしながら交流を深めたりする。

ひとつとして疎《おろそ》かにしていいものはない。

今後のことを考えると、自分に好感を抱《いだ》く者は一人でも増やした方がいいし、すべてが学びの場だった。

「殿下、楽しんでいらっしゃいますか？」

今日の夜会の主催者である伯爵に声をかけられ、フェリクスはそつのない笑みで「楽しんでいる」と答えた。

「見事な演奏だな。伯爵自慢のお抱《かか》え楽団か？」

広間の隅でずっと演奏を続けている楽団を褒めると、伯爵は頬を紅潮させて頷いた。

「つい先月、編成を見直したのです。素晴らしい腕前のヴァイオリン弾《ひ》きと出会いましてね。ほら、あの男なのですが――」

饒舌《じょうぜつ》に語りはじめた伯爵の横で、フェリクスはふと、彼は音楽を好きだろうか、と思った。

小柄な男の控《ひか》えめな笑顔が脳裏に浮かぶ。たった一本の絵筆を嬉しそうに握りしめたり、なんでもない本を大切に抱きしめたりする男のことだ。

きっと好きだろう。絵が上手く、本が好きなのだ。音楽だけ嫌いなわけがない。だが後宮の一角に閉じこめられているかぎり、彼は音楽に触れることはできない。

シルヴィア主催で、年に何度か後宮で音楽鑑賞会が開かれているはずだ。しかし招かれていない者は出席できない。

(聞かせてやりたいな……)

きっと喜ぶだろう。感動して泣くかもしれない――そこまで想像して、苦笑が浮かんだ。

(なにを考えているんだ。バカバカしい)

はじめて会ってから、十日ほどが過ぎている。昨日は、約束していた旅行記の続巻と、ほかにも何冊かの本を持参した。

リクハルドは声をあげて喜び、フェリクスに感謝の言葉をくりかえしていた。

初回から数えて、会ったのはわずか四回。

リクハルドはフェリクスへの警戒をすっかり忘れているようだった。

そのあとは、お茶を飲みながら二人で本を読んだ。フェリクスが見繕《みつくろ》ってきた専門書はリクハルドには難しかったようで、「私にはわかりません。ごめんなさい」と、紫色の瞳を潤《うる》ませたときには慌てた。

「あなたはなにも悪くない。謝らなくていい。こんどはもう少し易《やさ》しい内容のものを探してくるから、泣くのはやめてくれ」

肩を抱き寄せ、背中を撫《な》でて宥《なだ》めた。リクハルドは痩せていた。肩の骨が尖《とが》っている。今度は甘い菓子を持参しようと決めた。

「殿下、お代わりはなににいたしますか?」

いつのまにか伯爵の話は終わっていた。フェリクスが手にしているグラスが空《から》になっている。果実酒を飲んでいたので、おなじものを受け取った。

グラスを手に、すこし夜風にあたろうとバルコニーに出ようとしたら、そこには先客がいた。顔を見なくともわかる。年甲斐《としがい》もなく背中を露出《ろしゅつ》させたドレスを身にまとい、豊かな茶色い髪を高く結い上げて鳥の羽で飾り立てている女は、そう多くない。

「これは、シルヴィア様、失礼しました」

振り向いたシルヴィアは、フェリクスを見て紅《あか》い唇を笑みのかたちにした。

「あら、フェリクス殿下、いらしていたの。まったく気づかなかったわ。ごめんなさい」

気づかないはずがないのだが、フェリクスは微笑《ほほえ》んで聞き流した。存在感が希薄だと言いたいのだろう。腹の中だけで、「あなたの息子よりは存在感があると思いますよ」と呟いておく。シルヴィアの横にはザクリスが立っていたが、従僕のように視線を逸らしてひっそりと黙っている。

会うのは一ヵ月ぶりだろうか。秋の行事で見かけたときよりも、いくぶん痩せたように見えた。あいかわらず酒浸《さけびた》りの毎日と聞くので、内臓のどこかを悪くしていたとしても驚かない。

「ザクリス殿下、おひさしぶりです」

故意にザクリスとの距離をつめて目の前に立った。ぎょっとしたように茶色い目を見開き、上体を後ろに反らしたザクリスは、露台の手すりに腰をぶつける。

「わあっ」

危うく露台から転落しそうになったので、もがいた腕を摑んで力いっぱい引いた。ザクリスは想像していたよりも軽く、勢いあまってこんどは前のめりに倒れそうになったので、しかたなく受け止める。

運が悪いことに、二人とも片手に酒がはいったグラスを持っていた。それほど量は多くなかったが、ぱしゃりとこぼれ、そのほとんどがフェリクスの服にかかった。

「ああっ、フェリクス……」

あまり明るくない露台でもわかるくらいにザクリスが顔色を変える。夜会服の隠しから手巾《しゅきん》を出したザクリスが、慌てながらフェリクスの胸元を拭《ふ》こうとした。

「謝る必要はありません、王太子殿下」

シルヴィアがぴしりと厳《きび》しい声で言いながら遮《さえぎ》ってきた。そしてフェリクスをきつく睨《にら》んでくる。

「悪いのは、あきらかにこの男です。王太子殿下はなにひとつまちがいを犯していません。膝をついて謝罪すべきは、この男の方でしょうよ」

わざとのように大きな声で言い放ち、シルヴィアは得意気な笑みを浮かべた。室内にいる数人の貴族に聞こえただろう。こちらを注視している気配がする。

バカバカしい。こんなことで自分の優位性を示したいのか。たしかにザクリスをうろたえさせようとして雑に間合いを詰めた。予想以上にザクリスが反応してしまった結果だ。

フェリクスとしては、こんなささいなことで動揺するなど王太子にあるまじき繊細《せんさい》さだと思うのだが、母親にとっては可愛い息子がいじめられたので報復してやるほどの大事件なのだろう。

フェリクスはため息をついた。膝など、いくらでもついてやろう。実際に王太子であるザクリスの方が立場は上だ。

フェリクスは膝をつき、正式な騎士の礼をとった。

「申し訳ありませんでした、王太子殿下」

「わ、わかった。今後は気をつけるように」

ザクリスがちらちらとシルヴィアの顔色をうかがいながら、何度も頷く。シルヴィアは満足そうな笑顔になった。

「まったく、第三王子ともなると粗野に育つのかしらね。それとも軍隊になど入っているからかしら？」

ザクリスは一瞬、ギョッとした顔をしたが、すぐに作り笑いを浮かべた。

「そうかも、しれませんね」

「軍隊など野蛮《やばん》だわ。砂埃《すなぼこり》や汗にまみれ、軍馬の糞尿《ふんにょう》の始末までするのでしょう。王太子であるあなたにはふさわしくありません」

「そうですね、母上の言うとおりです」

母親に追従《ついしょう》など口にしてなにかいいことでもあるのだろうか。

王族の男子は成人するとまず国軍に所属して心身を鍛《きた》えることが慣例だった。ザクリスがその流れに従わなかったのは、たんにシルヴィアが嫌がったからだ。元々、ザクリスはあまり体力がない。それを知っていた国王は、シルヴィアの要望を聞き入れた。

おそらく、この国の歴史上、王太子だった者が軍隊経験なしで玉座に就いたことはないのではないか。それにザクリスは苦手だからといって、軍事理論の学習を疎《おろそ》かにしてきたと噂で聞いている。

父王は在位中、他国と戦争をしなかった。そのためこの国の若者は戦場の経験がない。だからといってフェリクスはこのまま平和が続くとは思っていないし、国防のために軍事力の維持《いじ》は絶対に必要だと思っている。

ザクリスはどうだろうか。父王が外交努力で維持した平和を、あって当然だと考えているのなら、やはり玉座はふさわしくない。シルヴィアはザクリスの育て方をまちがった。

過保護と過干渉《かかんしょう》が、酒以上にザクリスを蝕《むしば》んでいるように思えた。

「は、母上、そろそろ中に戻りませんか。すこし冷えてきました」

「王太子殿下、これしきの気温で寒いなどと、軟弱なことを言ってはいけません。それになんですか、その覇気《はき》のない声は」

「あ、え、すみません……」

「すぐに謝るのはやめなさいと、何度も言いましたよ」

シルヴィアの小言がはじまったので、フェリクスはとっとと退散することにした。室内に戻ると、貴族たちが同情をこめたまなざしで声をかけてくる。

「フェリクス殿下、大丈夫でしたか」

露台でのやり取りが聞こえていたようだ。

「大丈夫ですか？　お召《め》しものが……」

美しいレースの手巾で拭こうとしてくれた令嬢に気遣いの礼を言い、広間を横切る。

主催の伯爵が近づいてきたので、「今夜はもう帰ることにする」と告げた。伯爵が頷き、「すぐに馬車の用意をいたします。しばしお待ちを」と、通りかかった配膳係《はいぜんがかり》の使用人に伝言を命じている。

たいした出来事ではなかったが、疲労を感じていた。

社交のためにわざわざ出席したというのに、なぜだか、急にすべてが疎《うと》ましい。上辺の笑顔で社交辞令をくりかえしている着飾った男女も、上等な酒も、美食を極めた料理も、優美な音楽も。虚構の世界だ。いったいどれほどの価値があるのだろうか。

リクハルドの部屋は、静かで、余計な装飾はなにもなかった。暖炉の火とお茶、そして彼の静かな笑顔があるだけだ。

それがなぜか、懐かしくなった。

「お疲れですか」

伯爵に心配されて、フェリクスは素直に「帰って休みたくなった」とこぼした。

「それはそうでしょう。あの方のなさりようには、いささか行き過ぎなところがあります。それに、殿下は勤労意欲が強いお方ですから、日頃から無理をなさっているのではありませんか」

伯爵に気遣われながら、フェリクスは屋敷をあとにした。馬車に揺られながら王宮に戻り、自分の部屋に帰る。

「おかえりなさいませ」

待機していた侍従に手伝わせて服を脱ぎ、面倒なので湯浴みは明日の朝にして寝衣に着替えた。

飲んだ酒が、いまになって回ってきている。体が重かった。整えられた寝台に体を横たえ、またもやリクハルドのことを考えた。考えてしまった。

あの古ぼけた寝台の寝心地はどうなのだろうか。寝苦しくはないだろうか。寒くはないだろうか。喉が渇《かわ》いたとき、後宮の侍従は水を届けてくれるのだろうか。シルヴィアのあのドレス一着で、どれほどの家具調度品と薪が購《あがな》えるだろうか。

「くそっ」

あの男のことが気になる。きっと、あまりにも哀《あわ》れな生活をしているからだ。情を移してはだめだ。あくまでも利用するためだけに近づいたのだから。

とりあえず薪はまだたくさんあるだろうから、凍《こご》えて眠れないということはないはずだ。

「もう寝よう。寝てしまおう」

あれこれと考えてしまうのは、酔《よ》っているせいかもしれない。こういうときは、とっとと寝てしまうに限る。

フェリクスは寝台の中にもぐりこみ、目をギュッと閉じた。

◇

「上手いものだな」

この言葉を聞いたのは二度目だ。フェリクスの目の前で、写生した花の絵に彩色してみせた。夏に咲いていた大輪の赤い花。あの色を思い出しながら、フェリクスに贈られた筆で色をつけた。

絵の具の発色がとてもいい。描いていて気持ちよく、リクハルドは夢中になって筆を動かした。

フェリクスが今日持ってきてくれたのは、絵筆とおなじ高級画材店の絵の具一式だった。立派な木箱に並べられた絵の具に、リクハルドは感動よりも先に畏《おそ》れ多くなった。

「こんなに高価なもの、いただけません」

テーブルに広げられた絵の具から後退《あとずさ》りするリクハルドに、フェリクスは不思議そうな表情になった。

「なぜだ？　ほしかったものだろう？　これを使って、どんどん絵を描くといい」

「いえ、だめです。私にはもったいないほどの画材です」

「わけのわからないことを言うのだな」

フェリクスは首を傾げ、絵の具とリクハルドの顔を交互に見遣《みや》る。

一昨日に会ったとき、フェリクスの求めに応じてリクハルドは彩色した絵を見せた。粗悪な紙と使い古した筆、三色しかない絵の具でせいいっぱい描いた庭の花壇の絵だ。

「私には芸術はよくわからないが、あなたの絵は柔らかくて温かな印象を受ける」

そう評してくれた。素晴らしい絵を描く母親を持ちながら、フェリクス自身は絵心がないと言う。国王が特に芸術に造詣《ぞうけい》が深いとは聞いたことがないので、きっと父親に似たのだろう。

「もっとあなたが色をつけた絵を見たいから、こんど来るときは絵の具を持ってこよう」

フェリクスはたしかにそう言った。しかし、例の高級画材店の二十四色もの一式だとは思わなかった。さらに絵筆が太いものから細いものまで、なんと十本も。

「さあ、色をつけてみろ」

受け取れないと固辞するリクハルドに、フェリクスは笑顔でそう迫った。「少しだけですよ」と断ってから、リクハルドは描きためてあった植物の写生の中から夏の花を選び、彩色したのだ。

「あなたは本当に器用だな」

「この絵筆の質がいいのです。絵の具もとてもきれいな色です」

「いや、余計な謙遜《けんそん》はいらない。私がその画材を使ってもおなじように描けるはずがないのだから、あなたが上手なのだ」

大真面目《おおまじめ》な顔で褒めてくれる。

「こんどは紙を持ってこよう。絵画に適した紙があるそうだな。出入りの商人がそう言っていた」

「殿下、これ以上はもう……」

慌てて首を横に振ったが、フェリクスはわざとらしく目を逸らす。口元が笑っていた。

「商人は私が絵を描きはじめたと思ったみたいだぞ。母上とおなじように。いろいろと画材を薦《すす》めてくるのでおもしろい」

「では殿下も描かれてはどうですか。いっしょに描きましょう」

「無理だ。びっくりするほど私は下手《へた》だぞ」

「いままで挑戦してこなかっただけではないですか？」

「あの母から生まれた私に、だれも絵を描かせようとしなかったと言うのか？　そんなはずはないだろう。何人もの芸術家が私にやらせようとした。しかし、失望して去って行ったのだ」

「それは大袈裟《おおげさ》ではないですか？」

「よし、子供時代、どれほど周囲の人間たちを落胆《らくたん》させたか、教えてやろう」

フェリクスは紙に木炭でなにかを描きはじめた。なにかの記号のようにしか見えない。

「……それはなんですか……」

「馬だ」

リクハルドは絶句した。まさかフェリクスの目には、馬はこういう形で見えているのだろうか。

「どうだ、わかっただろう」

なぜだか得意気なフェリクスに、リクハルドはつい笑ってしまった。

「笑うな。下手だと自覚していても傷つく」

「申し訳ありません。でも……」

馬の絵が視界に入ってしまうと、どうしても笑えてしまう。これが馬。これが。

「だから笑うなと言っているのに」

「すみません」

堪《こら》えようとすればするほど笑いが止まらなくなる。フェリクスが拗《す》ねたような顔になっているのもおもしろかった。

そうこうしているうちに、フェリクスが帰る時間になってしまう。今日は絵を描いていたために、お茶を飲む時間がとれなかった。

フェリクスがわざわざ焼き菓子を持参してくれたのに。

「その焼き菓子は置いていくから、小腹が空《す》いたときにでも食べてくれ」

「ありがとうございます」

「画材も置いていく。私が持って帰っても仕方がないものだからな。またこんど来たときに、その画材を使って絵を描いているところを見せてくれ」

フェリクスは優しい口調でそう言い、いつものようにリクハルドの手を取った。甲にそっと唇が押しあてられる。

いつもならそこで手は離されるのに、フェリクスはぎゅっと握ってきた。

「ここに来ると、私はただの男になれる。大国アルキオの第三王子フェリクスではなく――」

暗い声だった。王宮は息が詰まると、以前言っていたのを思い出す。

最初の出会いは、おそらく財務に関する仕事をしていることから、後宮の様子を見るために忍びこんだのだろう。

その後は、息抜きの意味合いが大きくなってきたように感じる。会うのは、今日で六回を数えた。

「ここに来ることで殿下が寛《くつろ》げるのなら、いつでもどうぞ」

「あなたがそう言ってくれると嬉しい」

ホッとしたように微笑むフェリクスに、胸のどこかが甘く痛んだ。

「リクハルド……」

呼び捨てにされて、いやではなかった。

ゆっくりと近づいてくる端整な顔。鼻先が触れそうになったとき、リクハルドは本能的に目を閉じた。

唇に柔らかなものが、ふわっと触れる。一瞬で離れていった。目を開くと、フェリクスの碧い瞳が間近にあった。

触れたのは唇だ。くちづけられたのだ。リクハルドにとって、はじめてのくちづけだった。

フェリクスの大きな手が、頬を撫でてくる。

「……理由を聞かないのか」

「……理由があるのですか」

「あなたに触れたかった」

フェリクスはそれだけ言うと、すこし困ったように目を伏せる。その表情が、これは衝動的な行為だと物語っていた。

言葉にできないもので胸がいっぱいになる。リクハルドはなにも言えず、ただフェリクスを見つめた。

「あなたの瞳は美しい。これほど澄んだ紫色の瞳を、私は知らない――」

フェリクスが囁きながら抱きしめてきた。

逞《たくま》しい腕と厚い胸にくるまれ、リクハルドは目を閉じた。衣服越しにほのかな体温を感じる。力強い鼓動も伝わってきた。

ゆっくりと体の芯に力が入らなくなっていき、リクハルドは縋《すが》りつくように凭《もた》れてしまった。

それなのにフェリクスはびくともしない。

（温かい……）

暖炉では薪が燃えている。部屋はじゅうぶん温められていた。けれどその温かさと人のぬくもりはちがう。

リクハルドは十二歳で別れた両親の体温しか知らなかった。肉親以外のぬくもりを、いまははじめて知った。

「……もう帰らなければ」

抱擁《ほうよう》が解かれ、フェリクスが離れた。寂しさがどっと襲ってきて、リクハルドは引き留めたくなってしまう。

「殿下……」

つい、フェリクスの袖《そで》を指先で摘まんだ。

「また来る。つぎは、明後日《あさって》だ」

「明後日……」

「紙を持ってこよう」

引き留めてはいけない。フェリクスはリクハルドとちがって多忙な身なのだ。

摘まんでいた袖を離した。

「……お待ちしています」

フェリクスはリクハルドの頰を一撫でずると、静かに部屋を出て行った。

閉じられた扉の前で、リクハルドはしばらく動けないでいた。

ずいぶん長いこと立ち尽くしていたリクハルドだが、のろのろとテーブルに戻り、椅子に座った。

絵筆と絵の具、木炭を丁寧に片付ける。フェリクスの馬が目に入り、ふふっと笑いがこぼれた。と同時に、唇の感触を思い出してしまう。

フェリクスに唇を奪われてしまった。いや、リクハルドは予期していたのに避けなかったのだから、奪われたという表現は正しくないだろう。

指先でそっと自分の唇に触れてみる。はじめてのくちづけだった。あらためて胸がドキドキしてくる。

いきなりだったが、まったくいやではなかった。むしろ、むしろ……。

「ああっ……」

リクハルドは両手で顔を覆《おお》い、嘆《なげ》きの声を漏らした。

どうしよう、こんな気持ちになるなんて。

彼にもっと会いたい。別れたばかりなのにもう恋しい。もっと話したい、もっとそばにいたい、もっと触れてくれていい。

「……フェリクス殿下……」

名前を呟けば、胸の切なさは増した。

フェリクスはこの国の第三王子だ。リクハルドは忘れ去られた存在とはいえ、後宮に住む愛妾。人質の意味合いの方が大きいし、国王クラエスは異性愛者とはいえ、もし指名があれば寝所に渡らなければならない身だ。

彼はいったいどういうつもりでリクハルドにくちづけたのだろう。触れたかった、という言葉には、いったいどんな意味がこめられていたのか。

第三王子が男色家だとは聞いたことがない。両刀だとしても、わざわざリクハルドに手を出すほど相手に不自由していないだろう。

気まぐれ、ちょっとした悪戯心《いたずらごころ》？　そんなふうには見えなかったのは、リクハルドの目が曇《くも》って、真実が見えていないせいだろうか。

明後日、どんな顔でフェリクスを出迎えればいいのか。もしまたくちづけられたら、リクハルドはどうすればいいのか。

考えてもわからない。

部屋の中が暗くなっていることに気づいた。窓の外はいつのまにか日が暮れている。暖炉の炎だけが部屋をぼんやりと照らしていた。

ひとつ息をついて、リクハルドはランプに火をつけるため立ち上がった。

二日後、フェリクスは紙を持ってやってきた。

朝からずっと落ち着きなく待っていたリクハルドは、複雑な心境を隠せずに迎え入れた。

しかし、緊張していたリクハルドとは逆に、フェリクスはいつもの笑顔で部屋に入ってくる。

「これが商人お薦めの紙だそうだ」

緩《ゆる》く丸めてきれいなリボンで結ばれていた紙は、二人掛けのテーブルの半分ほどの大きさで、五枚もあった。

「習作用で、とくに上質というわけではないそうだから、気軽に使うといい」

なにごともなかったかのように接してくるフェリクスにしばし戸惑ったが、それに合わせるしかないと開き直った。

「こんなに大きな紙に描いたことがありません」

「小さく切った方が使いやすいなら切ればいい。ナイフはあるか？」

「木炭を削《けず》るためのものしかありません」

「ならば、これを使おう」

フェリクスが腰に佩《は》いた剣を抜いたので驚いた。よく磨《みが》かれて曇りひとつない刃《やいば》を紙にあて、フェリクスは器用に紙を切った。

「そんな使い方をしてもいいのですか。殿下の大切な剣ですよね？　名刀なのでは……」

「黙っていればいい」

フェリクスはいたずらっ子のように笑い、五枚の紙を大小いくつかの大きさにしてくれた。小さな紙に、リクハルドは思いつきでフェリクスの手を描いてみた。

指が長く優美でありながら、てのひらの皮は厚く、毎日剣を握り鍛練を欠かしていないことがわかる。

「それは私の手か？」

「そうです。人体を描いたのははじめてです」

「あなたはなにを描かせても上手いな」

感心したように言われたのが嬉しくて、さまざまな角度で何枚もフェリクスの手を描いた。楽しかった。

フェリクスとの有意義な時間はあっという間に過ぎてしまう。帰る時間が迫ってきて、「そろそろ帰らなければ」と立ち上がったフェリクスに、リクハルドはまた抱きしめられた。

息を飲んだリクハルドの唇に、フェリクスの唇が重なってくる。二度目のくちづけは唇を重ねるだけでなく、軽く吸われた。

甘美ななにかが背筋を走り抜ける。腰から下に一瞬で力が入らなくなり、よろけた。フェリクスの逞しい腕が、がっしりと背中を支えてくれる。

ちゅ、と音をたてて離れたフェリクスの唇を、リクハルドは潤んだ瞳で見つめた。

「なにかほしいものはあるか」

抱きしめられたまま尋ねられても、冷静に考えられない。

「なんでも言うといい。私はたいていのものを揃えられる」

リクハルドが黙っているので、フェリクスが促すように体を揺すってきた。

「リクハルド?」

「……特にはありません。あの、思いつきません……」

「遠慮《えんりょ》しているのではないか?」

「殿下には、画材をたくさんいただきました。テーブルと椅子も、薪もたっぷりと」

もうじゅうぶん満たされていると言っても、贅沢に慣れた王子には理解できないかもしれない。

「ここを出たあとのことを、あなたは考えているか?」

唐突に先のことを聞かれた。体を離し、フェリクスがまっすぐにリクハルドを見つめてきた。

「あなたは聞いているだろうか。父上の病状は思わしくない」

「聞いています……」

ふわふわしていた気分に、冷や水をかけられた心地だった。

「父上が亡くなったときのことなど、私もまだ考えたくない。けれど、そのときは近づいている。もし亡くなったら、父上のために用意された側妃以外の愛妾は、すべて後宮を去らなければならない。人質もいったん故郷に戻り、あらためて人選をしたのちに、王都に上がる決まりだ」

「知っています」

「もし——あなたが望むなら、ここを出たあとの生活を、私が援助することができる」

にわかには信じがたい言葉だった。そんなこと、リクハルドは考えてもいなかった。

けれどフェリクスの顔は真剣だ。冗談とも口先だけの嘘だとも思えない。

「ヴィルタネン王国の事情を、私は知っている。あなたは前王の嫡男だったが、いまは従兄のリストという男が後を継いでいるな。本来なら、代替わりしたときに人質は新国王の家族に交代すべきだった。あなたはとうに役目を終えているのだ。だが、新国王はそうしなかった。なぜなら、自分の家族を人質に差し出したくなかったからだ」

「リストの気持ちは理解できます」

「あなたはお人好《よ》しすぎる。そんなことは理解しなくていい。あなたはおそらく、故郷に帰っても歓待されないだろう」

「……そうかも、しれません」

「もし帰りづらいなら、王都に留まることができるよう、私が住む場所と当座の生活費を用意することができる」

王都に残る——。

後宮を出ることになったら、故郷のあの北の地に戻るのが当然だと思っていた。リストに頼みこんで仕事をもらい、母と妹の三人でひっそりと暮らしていく将来しか想像していなかった。

「離れたくない」

「殿下……」

「いつでも会えるよう、王都に留まってほしい。あなたを、好ましいと想っている」

フェリクスはリクハルドの手を取り、甲に唇を押しあてた。じわじわと喜びが胸に広がっていく。

王都に留まれば、フェリクスと頻繁《ひんぱん》に会えるかもしれない。こんなふうに楽しく話したり、たまには二人で外出したりできるかもしれない。自由に。

そんな夢のような日々が、もしかしたら。

けれど——。

「冗談が過ぎます、殿下」

リクハルドは泣きたい気持ちをぐっと抑え、無理やり笑顔を作った。

「冗談ではない」

「実現できないことを言わないでください。あなたは王子です。後宮から出た元愛妾を、王子が経済援助して王都に住まわすなんて話、聞いたことがありません。どれほど顰蹙《ひんしゅく》を買うかわかりませんよ」

「そんなもの、黙っていればわからない」

「人の口に戸は立てられないと言うではありませんか。すぐに周知されます」

「私に楯突《たてつ》くやつは、みな力尽くで黙らせる。あなたはなにも気にしなくていい」

なに不自由なく育ってきた王子らしい傲慢さに、リクハルドは愛《いと》しさを覚えた。

「殿下が私のせいで非難されるような事態になるのはいやです」

「絶対に知られないようにする」

「絶対など、この世にありません。それに殿下は結婚を控えた身ではありませんか。ソフィ様のお身内の方と婚約中だと聞いています。私などにかまけている場合ではないと思います」

「ティーナはこの話に関係ない」

「ティーナ様とおっしゃるのですか。きっと素敵な女性なのでしょうね」

「リクハルド」

「もうこの話はやめましょう」

平静を装うのにも限界がある。もう辛《つら》くなってきて懇願するように見上げれば、フェリクスは渋々といった感じで口を閉じた。

帰るために扉に向かったフェリクスだが、逡巡《しゅんじゅん》するようにリクハルドを振り返った。

「あなたに欲はないのか」

不満そうな口ぶりに、思わずリクハルドは微笑んだ。

「欲ならあります。このアルキオ王国の平和と、さらなる繁栄を願っています」

虚を突かれたような顔をして、フェリクスは動かなくなった。じっとリクハルドを凝視している。

「欲張りだと思いませんか」

「……そうかも、しれないな」

フェリクスは扉に向き直った。「また来る」と小さく言い置いて、部屋を出て行った。

◇

開いた扉を、フェリクスは力任せにバタンと閉じた。執務室にいた文官が驚いて振り向く。フェリクスがつい睨みつけると、書類を机に置いてそそくさと退室していった。

ひとりきりになり、苛立《いらだ》ちのままぐるぐると歩き回る。

「失礼します」

グスタフが入室してきた。明らかに不機嫌そうなフェリクスを見て、グスタフが片方だけ器用に眉を上げる。

「どうかしましたか。今日は例の方と過ごしてきたのですよね。うまく交流ができていないとか」

「いや、このうえなく順調だ」

「ではなにかほかに不愉快《ふゆかい》なことでも？」

そう聞かれて、フェリクスはこのリクハルドに対する苛立ちが、極めて不愉快な言動をされたからだとわかった。

「あの男のおめでたい頭にイライラする」

「というと？」

「なにかほしいものはないかと聞いたら、特にない、思いつかないと言う。だから後宮を出たあとの生活を保障してやってもいいと餌《えさ》をぶらさげてみた」

「いよいよですか」

「そうしたら、あの男、断ってきた」

グスタフの眉間にぐっと皺が寄り、不可解そうな表情になる。当然の反応だ。

「俺の立場がどうとか言っていたな。人に知られたら顰蹙を買うとか。あげくに、自分は欲張りで、この国の平和と繁栄を願っていると言った」

リクハルドの言葉を思い出すにつれて、腹が立ってきた。

こちらが書いた筋書きどおり、リクハルドはフェリクスを信用し、心を寄せはじめている。くちづけても拒むどころか、乙女《おとめ》のように頬を染めて恥じらった。

ここで国王の死後の話をすれば、飛びつくはずだったのだ。なにせフェリクスの庇護《ひご》のもと、王都での自由な生活が待っている。ヴィルタネン王国など酷《ひど》い田舎《いなか》だ。王都の華《はな》やかな暮らしは、田舎者にとって憧れだと聞く。

だから国王の手がつかなかった愛妾たちは、故郷に帰らずに王都に住む貴族のもとへ嫁《とつ》ぐものが多い。

リクハルドがフェリクスとの今後の繋《つな》がりを求めるのならば、今日、喜んで頷くはずだった。

それなのに――。

「なんだ、あの男は。あんな場所に十年も閉じこめられていると、みな世捨て人のようになってしまうのか？　あんなに痩せてしまうほどの貧しい暮らしに甘んじ、その元凶《げんきょう》となったシルヴィアを非難することもせず、小国とはいえ玉座に就く資格があった自分を蔑《ないがし》ろにした従兄を恨むこともしない。それでいいのか？　すべてを飲みこんで、黙って、淡々と生きていくだけでいいのか？」

やりきれない思いがこみ上げてきて、フェリクスはいつしか大声で訴《うった》えていた。

「グスタフ、おかしいだろう。そんな目にあって、どうして穏やかに笑っていられるんだ。あいつはもっと怒っていい。恨んでいい。俺にもっと要求すればいいのに！」

怒りや恨みといった負の感情を生み育てるのには、膨大《ぼうだい》な熱量が必要だ。リクハルドにはそんな余力はなかった。彼の十年は、すべてがぎりぎりの十年だった。

それがわかるだけに、フェリクスは荒ぶる感情を吐露《とろ》せずにはいられない。

「テーブルと椅子と薪を運ばせただけで幸せだと言い、本と画材を贈ったら膝をつかんばかりに感謝してきた。今日は紙を持っていっただけだ。紙だぞ？　紙くらい、あの狭《せま》い部屋がいっぱいになるくらい買っても、俺の財産は目減りしない！」

もっと貪欲《どんよく》になれと命じてしまいたい。

リクハルドをもっと満たしてやりたいのだ。物ならいくらでも買ってやろう。あのなにもない部屋をもっと居心地よくしてやらなければならない。もっと、もっと――。フェリクスにはそれだけの権力と経済力がある。それなのに、リクハルドは笑って拒むのだ。

これほどの無力感に苛《さいな》まれたことはない。

フェリクスは項垂《うなだ》れて、ため息をついた。

結局は、自分自身に対する苛立ちを宥《なだ》めることができず、八つ当たりをしているだけだ。

グスタフがすべてを受け止めて許してくれる存在だと知っていて、わめいてしまった。

執務用の椅子に座り、フェリクスは目を閉じる。落ち着いてから、「悪かった」とひとこと謝罪する。

「いえ、だいたいの経緯《けいい》はわかりました」

グスタフは冷静だ。

「たしかに順調に友好を深めることができているようですね。例の方はなによりも殿下を優先する思考になっています。もう籠絡したも同然なのではないでしょうか」

「え……」

フェリクスは呆然と忠臣を見た。そのとたん、興奮がすっと冷めていく。

自分がなぜリクハルドと会っているのか、その根本的な理由を思い出した。忘れていたことに愕然《がくぜん》とし、背筋を冷たい汗が流れる。

「そ、そうだな……そうかも、しれない……」

ぎこちなく視線を外し、ぐっと奥歯を嚙みしめた。

なんということだろう。利用するために通い詰めて優しくしていたというのに、それを失念していたなんて。

リクハルドが筋書きどおりの反応をしないのなら、こちらの言動を修正して望む方へと誘導するだけだ。いちいち冷静さを失って腹を立てていては、企《くわだ》ては成功しない。

「つぎに会ったとき、押し倒してみてはどうでしょう。案外、そのまま上手くいくかもしれませんよ」

グスタフの声音にはリクハルドを駒としか考えていない冷酷《れいこく》さがあった。

「あちらに多少の戸惑いが残っていたとしても、一度体を許してしまえばなし崩し的に二度、三度と許します。孤独な生活を送っているのならば、身も心も殿下の虜《とりこ》になるのに時間はかからないでしょう」

たしかにそのとおりだろう。リクハルドのあの様子だと、押せば受け入れるにちがいない。しかし彼の身も心も手に入れて、そのあとどうする。仲良くなっておしまいではない。

「愛妾としての伽《とぎ》を求められたときにすぐ応じられるよう、後宮に入ったとき、男たちは同性同士の性交の基礎知識を学ぶことになっているはずです。意外と簡単に股《また》を開くのではないですか」

ひどい言い草だ。

「グスタフ……」

「わずか半月でここまで関係を進められたのは殿下の魅力のなせる業《わざ》でしょうが、例の方が単純な性格だったことも幸いしたようです。いや、ろくな教育を受けないまま年齢だけを重ねてしまうと、騙《だま》されやすい愚《おろ》かな大人になるという典型でしょうか」

「グスタフ」

「最後の最後まで、例の方は自分がいいように利用されたことに気づかないかもしれませんね」

「グスタフ、黙れ！」

握りこぶしを執務机に叩きつけた。重い打撃音とともに、反動で筆記用具が小さく飛び跳ねる。

しん、と沈黙が落ちた。

フェリクスのこぶしがかすかに震えているのを、グスタフは気づいているだろう。

「殿下、あなたはお優しい」

ぽつりとこぼされた言葉に、フェリクスは打ちのめされそうになった。

「薄幸の人質に同情してしまいましたか。ですが、当初の目的を忘れないでください」

グスタフは大股で距離を詰めてくると、執務机の向こう側から長い腕を伸ばし、フェリクスの肩に手を置いてきた。痛いほどに摑まれ、強く揺すられる。

「しっかりしてください。もう時間がありません。ここで一気に堕《お》としてください。王太子殿下に玉座を任せた結果、シルヴィア様にこの国を乗っ取られてもいいのですか」

シルヴィアの名前を出されると黙っていられない。

「いいわけないだろうが」

「ならば、このまま計画を進めてください。躊躇っている場合ではありません」

「……躊躇っているわけではない」

「では、なぜそんなに苦しそうなお顔をなさっているのですか」

グスタフの容赦《ようしゃ》ない視線から、フェリクスは顔を背《そむ》けた。

そこに扉を叩く音がして、文官が顔を出した。執務室内のただならぬ緊迫感に気圧《けお》されたような表情をしたが、フェリクスに来客だと用件を告げる。

「私に客？　だれだ」

「ティーナ・ゼーデルホルム嬢でございます」

「ティーナが？」

フェリクスの婚約者だ。母親の年の離れた兄の孫にあたる令嬢で、まだ十六歳。

国内でもっとも歴史ある由緒《ゆいしょ》正しい大貴族ゼーデルホルム家との関係を強固にしたいと考え、フェリクスの方から縁談を持ちかけた。

来年、ティーナが十七歳の誕生日を迎えて成人したのちに、結婚することになっている。

「なんの約束もしていないぞ。また勝手に来たのか」

思わず舌打ちしそうになり、フェリクスは咳払《せきばら》いでごまかした。相手をするのは面倒だが、機嫌を損ねるともっと面倒なことになるのは彼女との短いつきあいの中で学んだ。

「すぐ行く」

ため息をついて立ち上がると、グスタフが低く呼んだ。

「殿下」

「わかっている。計画どおりに進めるから、おまえはもう余計なことは言うな」

グスタフは頷くと、「数々の無礼な発言、お許しください」と頭を深く下げてくる。

「おまえが謝ることではない。言わせたのは俺だ」

自嘲《じちょう》の笑みしかこぼれない。フェリクスは踵《きびす》を返すと執務室を出た。

王宮内の行政区から居住区へと早足で移動する。応接室のひとつに、ティーナは侍女を五人も引き連れて、女王のように椅子に座って待っていた。

「フェリクス殿下！」

パッと立ち上がり、フェリクスに笑顔を向けてくる。紅く塗《ぬ》られた唇が印象的だ。

鮮やかな金髪碧眼の少女は、初冬という季節を無視して、春の花のようにひらひらとしたフリルがたくさん縫《ぬ》いつけられたピンク色のドレスを着ていた。

「ひさしぶりだ、ティーナ。今日はとくに会う約束をしていなかったと思うのだが」

「ごめんなさい、フェリクス殿下。どうしてもお会いしたかったの。だってもう一ヵ月もお姿を拝見していなかったのですよ。わたくし、恋しくて夢にまで見てしまいました」

「ティーナ、なかなか会えなくてすまない。しかし私は大切な役目を担《にな》っている。この国の第三王子という立場は、そう易しいものではないのだよ。わかってほしい」

つまり、予告もなく会いに来るな、そんなに暇《ひま》じゃない、と言ったつもりだが、ティーナには伝わらなかったようだ。

「お役目、ご苦労さまです。さすがですわ、フェリクス殿下。婚約者として、わたくし、殿下を誇《ほこ》りに思います」

キラキラと目を輝かせて喜ぶ始末。フェリクスはため息を飲みこんだ。

ティーナは甘やかされて育った令嬢だ。流行《はや》りのドレスと社交界の噂話にしか興味がない。できれば、もっと分別のある賢い女を妻にしたかった。

しかし、ゼーデルホルム家にフェリクスと釣り合いのとれる年齢の令嬢が、ティーナしかいなかったのだ。

「それでサンドラったらひどいの。わたくしのドレスの裾を踏んでおきながら、あら失礼のひとことだけで去って行ってしまったのよ。このわたくしのドレスを！」

お茶を飲みながら、ティーナが最近の大事件を話している。フェリクスはあくびを噛み殺しながら聞いているふりをした。

飲み終わったらとっとと帰ってほしい。そう思っていたが、ティーナはさらに面倒なことを言い出した。

「ソフィ大叔母《おおおば》様にお会いしたいわ」

来年には姑《しゅうとめ》になるソフィと、ティーナは仲良くしたいらしい。いや、姑を大切にする新妻を演出したいだけかもしれない。しかし会う必要はないと拒むことはできなかった。

フェリクスは後宮に使いを出してソフィの意向を尋ねたあと、仕方なくティーナと五人の侍女とともに、ぞろぞろと後宮のアトリエに行った。

後宮は基本的に国王以外の男の立ち入りは禁止されているが、外れに設《もう》けたソフィのアトリエだけは例外だった。

「いらっしゃい」

ソフィは窓際にイーゼルを立て、絵を描いていた。絵筆を持ったまま振り向き、かすかに笑う。

化粧気《けしょうけ》がなく、豊かな金髪は結い上げずに背中でひとつに括《くく》っただけ。簡素なドレスに汚れた前掛けをしていた。顔を合わすのは約二ヵ月ぶりだが、母親はなにひとつ変わっていない。

「おひさしぶりです、大叔母様。いまなにを描いていらっしゃるの？　まあ、きれいな夕日。さすが大叔母様ですわ」

さも制作途中の絵に興味があるようにティーナはソフィにいろいろと話しかけていたが、じきに飽《あ》きたようで「お庭を散策してきます」と侍女を連れて冬枯れの庭に出て行った。

どこの庭も木々は葉を落とし、花は枯れている。それでもティーナにとってはソフィの難しい話を長々と聞くよりもマシなのだろう。

フェリクスは庭の散策についていかなかった。ティーナも誘ってこなかったので、侍女に任せる。窓からその様子を眺めた。

話し声はまったく聞こえてこないが、ティーナが居丈高《いたけだか》になにか侍女に命じているのはわかった。ひとりの侍女が何度も頭を下げている。そのうち、持っていた扇子《せんす》で侍女を叩いたのが見えた。

珍しい光景ではない。ティーナは侍女など家畜《かちく》ていどにしか考えていないようだ。それを戒《いまし》める者がいなかったため、ティーナは悪いことだと思っていない。

現に、フェリクスが見ていることに気づいても、ティーナは何事もなかったかのように愛らしい笑顔を向けて手を振ってくる。

フェリクスの後ろで、ソフィが「本当にあの娘と結婚するつもりなの」と呟いた。

「……しますよ」

「あの娘でいいの？　陛下が亡くなったら王太子殿下が即位し、あなたは王弟になるわ。ティーナは王弟妃よ？　果たして務まるかしら。はなはだ疑問だわ」

「彼女は国政に興味がありません。それほど害はありませんよ」

「いいえ、甘いわ。あなたは自分が妻を監視すれば大丈夫だと思っているかもしれないけれど、一日中、そばにいられるわけじゃないのよ。完璧《かんぺき》に監視することなど不可能だわ。国政に興味がなくとも、不正に荷担することはできるし、国民の信頼を失うこともできるのよ。とても簡単に」

それは知っている。シルヴィアとザクリスという見本が、身近にいるからだ。

「それでも、そんな娘でも、あなたが愛しているなら反対はしません。でも、ちがうでしょう。家柄だけで結婚しても、苦しいだけです。続きませんよ」

フェリクスはなにも言えなかった。

すでにソフィからは何度かこうした苦言は呈されている。けれど今日ほど胸に響いたことはなかった。

半月前までは、ゼーデルホルム家の後ろ盾《だて》を強固にできるならば、ティーナと上辺だけの夫婦生活を死ぬまで続けるくらい、どうということはないと高《たか》をくくっていたのだが。

「……母上とて、家のために後宮に上がり、第二側妃になったではありませんか。父上を愛していたわけではないでしょう」

つい言い返してしまった。こんな暴言を、いままで母親に対して口走ったことはない。たとえ心の中でずっとそう思っていたとしても、母親の生き方を非難する権利はないとわかっていた。それなのに。

ソフィは驚いたようにフェリクスを見つめたが、ふっと微笑んだ。

「ずいぶんな態度だこと。あなたが私の前で感情的になるなんて、大人になってからはじめてじゃない。なにか心境の変化でもあったのかしら？」

「ありません」

食い気味に否定したが、フェリクス自身、おのれの変化には気づいている。ティーナを、どうしてもあの男と比べてしまうのだ。

彼ならば社交界のくだらない噂話を嬉々として披露《ひろう》しないだろうし、侍従たちに暴力などふるわない。ソフィの絵にもっと関心を示し、もっともっと話を聞きたがっただろう。

そして演技ではない、心からの澄んだ笑顔を向けてくれるはずだ。

いまごろ、リクハルドはどうしているだろう。そろそろ日が暮れる。フェリクスがいないときでも、ちゃんと暖炉に火を入れているだろうか。薪を節約するために、寒さを我慢していないだろうか。

会ったばかりだというのに、フェリクスはもうリクハルドの様子が気になってたまらない。触れたいと、自然に思うようになっていた。

ティーナとはいまだに手の甲にくちづけるふりをするだけの挨拶しかしたことがないというのに――。

唇へのくちづけは、計算ではなかった。

そろそろ関係を深めていかなければならないのは事実だったが、引き寄せられるようにしてくちづけていたのだ。

そんなこと、グスタフには言えなかった。もし話していたら、あのていどの叱咤ではすまなかっただろう。

「ねえ、フェリクス。私はたしかにみずから望んで後宮に入ったわけではないわ。家督《かとく》を継いだばかりの兄に懇願《こんがん》されて、仕方なく後宮に入ったの」

フェリクスはまじまじと母親を見下ろす。こんな話を聞くのは、はじめてだった。

「シルヴィアがすでに陛下の寵愛を受けていたから、私はなにも期待していなかった。けれど、陛下は私に優しかったわ。実家のために後宮に来たことを察していて、第二側妃にしてくださった。そして私にあなたを授けてくださったのよ。おまけにアトリエまで」

ソフィが穏やかな目でフェリクスを見上げてくる。

「燃え上がるような大恋愛はしていないけれど、私は陛下を敬愛しています。心から」

だから病状がとても心配、と付け足すソフィは、本当のことを言っていると信じられた。

「あなたが玉座を求めているのは知っているわ。シルヴィアに国を渡したくないのはわかるから、好きなようにしなさい。もし失敗して、私も加担していたと罪に問われたとしても、恨まないから安心して」

「母上……」

「でも、結婚で失敗するのはいただけないわ。それとこれとは別。よくよく考えて、後悔がないようにしなさい」

とんと背中を叩かれて、フェリクスは否《いな》とも応とも答えられなかった。

◇

「殿下はいらっしゃいません」

フェリクスが訪れる約束だった日、彼は来なかった。代わりにゲルダがやって来て、落胆《らくたん》しているリクハルドに理由を説明した。

「国王陛下のご病状が昨夜未明、急に悪化しました。第一第二側妃、王太子殿下と王太子妃殿下、フェリクス殿下が国王陛下の寝室に呼ばれたのです」

えっ、とリクハルドは息を飲んだ。ついにその日が来たのか。

「陛下は持ち直しましたが、殿下はほとんど睡眠《すいみん》を取られなかったため、今日は自室で休まれるということです」

「そうですか……」

国王はまだ亡くなっていない。ホッと胸を撫で下ろしたが、もう時間の問題なのかもしれない。

ゲルダが去ってから、リクハルドはいままでに描いた絵をテーブルに広げて眺めた。

何枚かフェリクスの手を描いたものがある。絵筆を取り、彼の肌色を思い出しながら一枚だけ軽く彩色してみた。われながらうまくできた、と笑みがこぼれる。

「フェリクス殿下……」

国王が亡くなったら、リクハルドは後宮を出なければならない。ここを出たら、おそらく、もうフェリクスには会えなくなる。

王都に留まる話は夢物語のようなものだ。フェリクスを信じていないわけではないが、実現するとはとうてい思えなかった。

故郷に戻ったらどんな生活が待っているのか、わからない。あまり楽しくない境遇に置かれたとしても、フェリクスとの思い出があれば、耐えられるような気がした。

「……もうひとつ、思い出がほしいな……」

手の絵を見つめていたら、ふと思いついた。

フェリクスの肖像を描きたい。

その気持ちを本人に伝えることができたのは、それから三日後だった。五日ぶりの逢瀬《おうせ》に、リクハルドはフェリクスの顔を見ただけで感激のあまり涙ぐみそうになった。

「リクハルド、元気にしていたか？　日が空いてしまい、すまなかった」

部屋に入るなり、フェリクスが抱きしめてきた。びっくりしたが、すぐにリクハルドは両腕を逞しい背中にまわす。

「いいんです。陛下の体調が悪くなったと聞きました」

「そうだ。いよいよかと覚悟したが、なんとか持ち直した」

国王が心配なのだろう、いつになく暗い表情のフェリクスを、リクハルドはテーブルに促した。熱いお茶を淹れ、向かい合う。

「医師の話では、年を越せないかもしれないということだ」

あと一ヵ月ほどで今年が終わる――。つまり、リクハルドがここにいられるのも、あと一ヵ月。

「殿下、ひとつ、お願いがあります」

「なんだ？」

意外そうにフェリクスが手にしていたカップを置く。口元が綻んでいた。

「あなたが私に願い事など、はじめてではないか？」

「はい、はじめてのお願いです。私に殿下の肖像画を描く許可をくださいませんか」

「私の肖像？」

フェリクスが真顔になった。リクハルドは知らないが、王族の肖像を描くには色々な制約があるのかもしれない。名のある画家しか認められないとか、特別な画材を使用しなければならないとか。

「陛下が亡くなられたら、私はここを出なければなりません。最後の思い出を作りたいのです」

「だから今後のことは、私がなんとかする。王都であなたが暮らせるように、準備すると言っただろう」

「そうですね。とてもありがたいと思っています。でもそれとは別に、私はここで殿下の肖像を描きたいのです。十年暮らしたこの部屋で、殿下との秘密の時間を共有したこの部屋で、こっそりと描きたい」

この部屋で、を強調すると、フェリクスはしばらく考えこんだのちに「わかった」と頷いてくれた。

「そうだな、あなたはここで十年も暮らした。私にはわからない、さまざまな思いがあるだろう。あえて、この部屋で私の肖像画を制作したいと言うなら、許可しよう」

「ありがとうございます。絶対に秘密にします。あとで習作はすべて処分しますし、だれにも言いません」

リクハルドがきっぱり言うと、フェリクスは「そうか」と苦笑した。

その日、さっそくフェリクスの顔をリクハルドは写生した。だれにも見咎められることなく、フェリクスも了承したうえで、心置きなく顔を見つめることができる至福の時間になった。ときどきおしゃべりをしながら、穏やかに時間が流れていく。

肖像画の大きさは、小さいものに決めている。そもそも人物画ははじめてで自信がないし、とっさの場合に隠せるくらいでなければならない。

四号ていどの小さい革製のキャンバスがほしいと言うと、フェリクスは次の機会に持ってくると約束してくれた。

帰り際、リクハルドを抱きしめてくちづけてくれる。

口の中にフェリクスの舌が侵入してきたときは驚いたが、リクハルドはすぐに夢中になった。舌と舌を絡めると背筋が痺れるほどの快美感に包まれる。このまま時が止まってしまえばいいのに、と思わずにはいられなかった。

長いくちづけのあと、フェリクスはリクハルドの頰を優しく撫でてくれる。

「……あなたを離したくないのは本当だ」

躊躇いがちに、フェリクスは囁いた。

「また、来る」

去って行くフェリクスを、リクハルドは部屋の中から見送った。

その二日後、フェリクスは丁寧に油紙で包まれたキャンバスを持って、リクハルドの部屋にやってきた。

「ありがとうございます」

はじめてのキャンバスだ。生成《きな》り色をした小さな画布に、リクハルドはさっそくフェリクスの顔を下書きする。二日前に何枚もフェリクスの顔を写生したあと、今日までずっと構図や色使いを考えていたのだ。

嬉々として描きはじめたリクハルドを、フェリクスは眺めながらお茶を飲む。

「父上が亡くなるのは国の一大事だし、息子としては寂しいことだが、あなたが自由の身になるのは喜ばしい」

フェリクスはひっそりとそう言った。

「そもそも十年前、ヴィルタネン王国に人質を要求したのは、まちがいだったのではないかと思う」

絵筆を動かしながら、リクハルドは「まちがい、ですか？」と聞き返す。

「あなたの国が、我が国に対して邪心を抱き、不利益をもたらすような行為にいたるとは、とても思えない」

「それほどの国力はありませんね」

リクハルドが苦笑いして認めると、フェリクスは不愉快そうに「大国の政争にまきこまれ、犠牲にされただけだ」と吐き捨てた。

「だから、あなたは大手を振って後宮を出て、王都で暮らせばいいのだ。故郷に戻らない人質

はあなただけではないだろうし、過去には愛妾の半分近くが王都と王都周辺に残ったことがあったらしい。王都の民に紛《まぎ》れ、目立つ行動を取らなければ、だれもあなたを見咎めたりなどしない」

「そうでしょうか」

「他人事《ひとごと》のような顔をするな」

リクハルドの態度にフェリクスがムッとした顔になる。「もっと真剣に考えろ」と言われ、つい笑ってしまった。

「そろそろ帰る時間でしょうか」

リクハルドが言い出すまで、フェリクスはぐずぐずと冷めたお茶を飲んでいた。帰るのをためらっているのは、もしかして別れがたいからだろうか、と自分に都合のいいように考えてしまう。

「リクハルド」

フェリクスが立ち上がったので、見送りのためにリクハルドも席を立つ。だがその場で抱き寄せられた。痛いほどに腕に力をこめられる。

「殿下、あっ……」

嚙みつくようにくちづけられた。またもや口腔内《こうこうない》を縦横無尽《じゅうおうむじん》に舌で舐《な》められ、気持ちよくて頭がぼうっとしてしまう。

長い長いくちづけから唇が解放されたとき、リクハルドは腰に力が入らなくなっていた。うっとりとフェリクスにもたれかかり、ハッとする。自分の下腹部に違和感があった。濃厚なくちづけに、体が勝手に高ぶってしまったのだ。それを無意識のうちにフェリクスの大腿部《だいたいぶ》に押しつけている。

「申し訳ありません！」

慌てて離れようとしたが、それはできなかった。背中に回されたフェリクスの腕が、まるでリクハルドを逃がさないとでもいうように動かない。じっとフェリクスに真顔で見下ろされ、リクハルドは汗をかいた。

「あの、離してください。お叱《しか》りは、あとで受けますから、いまは――」

「なぜ私があなたを叱るのだ」

「私の体のこのような変化は、殿下をさぞかし不快な思いにさせてしまったのでは」

「不快？　ではあなたは、私のこれを不快に思うのか」

フェリクスが腰を動かした。固いものがゴリッとリクハルドの腹に押しあてられる。

えっ、と驚いてフェリクスを見上げた。

「あなたとのくちづけが心地よすぎて、私もこうなってしまった。不快か？」

「いえ、いいえ、そんなこと……」

「ならば――」

ふわっと体が浮いた。フェリクスに抱き上げられたと気づいたときには、部屋の隅に置かれた寝台の上に横たえられていた。唖然としているリクハルドの上に、フェリクスが覆《おお》い被《かぶ》さってくる。

「で、殿下?」

「少し、触れてもいいか」

「え?」

「あなたに触れたい。いいと言ってくれ」

いったいなにが起ころうとしているのかわからなくて戸惑っているうちに、フェリクスはリクハルドのズボンのボタンを外してしまう。その中に大きな手が滑《すべ》りこんできて、リクハルドの興奮している性器に触れた。

「あっ」

「これが、あなたか」

「あ、やっ、待ってくださ、殿下っ」

他人にそんなところを触られるのははじめてのことだ。リクハルドは混乱して、逃れようともがいた。

「リクハルド、頼む、たまらないのだ、俺は、もう——」

せっぱ詰まったような口調に、リクハルドは抵抗をやめた。いきなり無体なことをされているのはリクハルドなのに、フェリクスの方が辛そうな顔をしている。

「あなたに触れたくてたまらないのだ。毎日、あなたのことばかり考えてしまっている。あなたの体はどんなだろうと、よこしまなことまで、考えて……」

「殿下」

フェリクスはリクハルドの性器を握りながら、おのれの股間《こかん》を擦りつけてくる。衣服越しでも、その逞しさがありありとわかった。さっきよりも雄々《おお》しくなっていないだろうか。

もどかしげに腰を揺すっているフェリクスが苦しそうで、リクハルドはおずおずと手を伸ばした。

自分がされたように、フェリクスのズボンのボタンを外す。中にするりと手を入れて、それに触れた。ものすごく熱くなっている。そして大きい。

「これが、殿下……」

きゅっと握ってみると、フェリクスが低く呻《うめ》いた。生々しい声に、耳から首筋へとぞくぞくした快感が伝わる。

「リクハルド、いっしょに……」

おたがいの手でともに気持ちよくなろう、と囁かれて、小さく頷いた。

羞恥《しゅうち》と興奮で、全身が燃えるようだ。けれど、ここでやめたいとは思わなかった。

フェリクスの手が、自身に触れている。自分の手が、生身のフェリクスに触れている。

「ああ、ああ、殿下っ」

「リクハルド……！」

放埒《ほうらつ》の瞬間、唇を唇で塞《ふさ》がれた。嬌声《きょうせい》はフェリクスに飲みこまれ、びくびくと痙攣《けいれん》するように跳ねる腰は押さえこまれる。

「くっ……」

リクハルドの手にフェリクスの体液が迸《ほとばし》った。断続的に吐き出されるそれを、リクハルドはてのひらで受け止める。

乱れた息が整うまで、二人とも動かなかった。窓の外が薄暗くなってくる。フェリクスが戻る時間はとうに過ぎているだろう。

離れたくない――。

リクハルドははっきりとそう思った。

また二日後か三日後に会えるとしても、いまこのとき、離れたくなかった。けれどそんなわがままを言えるわけもなく、ぐっと言葉を飲みこむ。代わりのように、涙がこぼれた。

「リクハルド……泣くな」

切なそうにフェリクスが見下ろしてくる。

「殿下、あの、私は……」

この行為が嫌だったから泣いたわけではない、誤解しないでほしいと説明しようとしたら、唇にそっと触れるだけのくちづけを落とされた。

「わかっている」

はじめて見るような、穏やかな瞳でフェリクスが微笑んだ。

「あなたが好きだ」

切ない響きの声だった。

「もう自分をごまかせない。私はあなたを好きになってしまったようだ……」

ゆっくりと体を起こしたフェリクスは、服の隠しから手巾を取り出し、リクハルドの手を拭いてくれた。

「殿下、私も、お慕《した》いしています。心から」

口に出してしまうと、その言葉の重さに打ちのめされそうになる。けれどフェリクスも言ったように、自分をごまかすことはできなかった。

「いけないことと知りつつ、殿下に惹かれていく気持ちを止めることはできませんでした。この十年間、陛下に一度も寝所へ呼ばれなかったのは幸運だと、畏れ多くも思ってしまいました。はじめて私に触れたのが、殿下でよかった……」

まぎれもなく本心だった。涙をこぼすリクハルドを、フェリクスがそっと抱きしめてくれる。

「私が望んだのだ。あなた一人の罪ではない」

フェリクスはそう言ってくれたが、リクハルドは顔を上げることができなかった。

◇

執務室に戻ったフェリクスは、ある決意を抱いてグスタフを呼び出した。

近衛騎士団の団長グスタフは、フェリクスの顔を見るなり、「なにかありましたか」と尋ねてきた。つきあいが長いグスタフは、フェリクスのささいな変化も見逃《みのが》さない。

人払いをした二人きりの執務室で、フェリクスはきっぱりと告げた。

「リクハルドを利用することはできない。シルヴィアの居室に忍びこむのは大変に危険な行為だし、もし見つかったらその場で殺されるかもしれない。そんなこと、彼にはさせられない」

グスタフはハァとため息をつく。

「ではどうするのですか。陛下が亡くなったら王太子殿下が即位します。この国は、シルヴィア様の玩具《おもちゃ》に成り果てますよ。それでもいいのですか」

「……なにかほかに手立てを考える……」

「いまからですか。間に合いますか」

フェリクスはぐっと歯を食いしばり、目を閉じた。腕の中で快感に震えていたリクハルドの顔が、まぶたの裏に焼きついている。

純真無垢《じゅんしんむく》な、少年のままのリクハルド。フェリクスを信じ、身を任《まか》せてきた。愛《いと》しくて、触れたくて、企みごとなど頭から吹っ飛んで、寝台に押し倒したのだ。

「……リクハルドは、心根の優しい、ただの男だ。俺のことを一途に想ってくれている。俺がなんのために近づいたかなんて、考えてもいないのだ」

「ずいぶんと心を通じ合わせたようですな。まあ、殿下の性格から考えて、あるていど情をかけてしまうことは予想していました。だからこそ、短期間であの者を籠絡できるだろうと思っていましたから」

グスタフが肩を竦めて少し呆れたようにそう言ったので、フェリクスは腹立たしく思った。

「計画の変更はできません。殿下、腹を括《くく》ってください」

「グスタフ」

「そこまで親密な関係になれたのなら、あの者は殿下の命令に従うでしょう」

そうだ。リクハルドはきっとフェリクスの頼みを聞いてくれる。フェリクスのためならと、恐怖心を抑えこんでシルヴィアの部屋に忍びこむだろう。

いまさらほかの手立てなどないことくらい、フェリクスもわかっている。国王はいつ命の灯《ともしび》が消えてもおかしくないのだ。決断しなければならない。

「わかった。リクハルドを使おう」

その代わり、とフェリクスはグスタフに断言した。

「リクハルドが成功してもしなくても、父上が亡くなったあと、リクハルドのために王都内に住処《すみか》を用意する。彼の忠誠心に報《むく》いるためだ。いいな？」

「……仕方がありませんね」

不服そうではあったが、グスタフは頷いてくれた。

「では、おまえにはリクハルドが住むのによさそうな家を探しておいてもらいたい。信用できる管理人と、できれば気のきいた下働き付きで。頼むぞ」

「わかりました」

請《う》け合《あ》ってくれたので、グスタフに任せることにした。

フェリクスは翌日、リクハルドの元へ向かった。

◇

二日連続でフェリクスがリクハルドの部屋を訪問したのは、はじめてのことだった。

予定変更を知らせるゲルダの先触れもなくフェリクスがやって来て驚いたリクハルドだが、嬉しくないはずがない。急いで湯を沸かし、お茶を淹れた。

「突然来てしまって、すまない」

フェリクスの表情は冴《さ》えなかった。昨日の触れ合いを後悔しているのだろうか、とリクハルドは気持ちが沈んだ。

昨日の衝撃的な出来事は、リクハルドに生と性の喜びを教えてくれたが、同時にいままでにないほど深く罪悪感も植えつけた。

フェリクスを愛しているからこそ、申し訳なく思う。父親である国王を敬っているフェリクスにとって、どれほどの精神的負担になってしまっただろうか。

なにか話があるようだと察して、リクハルドはフェリクスが話しはじめるのを待った。

もう二度とここに来ない、という決意を聞かされたとしても、受け入れるしかない。リクハルドに会うことでフェリクスが苦しむのなら、もう終わりにした方がいいのだ。

「リクハルド、父上はもう長くない。その話は昨日したな？」

「はい。あと一ヵ月ほどだと」

「父上が生きているうちに、私はシルヴィアをどうにかしたいと思っている」

いきなり第一側妃の名前が出てきて、リクハルドは首を傾げた。

「あの女には常識がないのだ。私利私欲にまみれた生活を好み、国のこと、民のことを考えたことなどない。ザクリスが玉座に就いたら、背後から思うように操り、この国を破滅へと導くだろう。それだけは阻止《そし》しなければならない。私はこの国の王子として、真剣に憂《うれ》えている」

「ご立派だと思います」

「……そこで、あなたに頼みがある……」

フェリクスからの頼み事などはじめてだ。

「なんでしょう。私ができることなら」

本気でなんでもするつもりで身を乗り出した。フェリクスは逡巡《しゅんじゅん》する様子を見せながら、リクハルドの手を握ってきた。

「シルヴィアがどこかの男と情を交わしているという話がある。あなたに、その証拠となるようなものを探ってきてもらいたい」

「えっ……」

思ってもいない頼み事だった。呆然としたリクハルドの手を、フェリクスがきつく握ってくる。その痛みに、我に返った。

いま言われたことをよく考えてみようとしたが、すぐには理解できない。

「あの、私が、シルヴィア様の……その、なにを探ると……?」

「シルヴィアの部屋に忍びこみ、不貞の証拠になりそうなものを探してきてほしいのだ」

「不貞の証拠とは、いったいどういうものでしょうか?」

「それは、わからない。その男から贈られた宝飾品かもしれないし、交わした文かもしれない。ゲルダが探ってみようとしたのだが、彼女は私の腹心である近衛騎士団長と親しい。シルヴィアは警戒してゲルダを部屋に近づかせないようにしているらしいのだ。そこで、あなたに頼みたい」

「私は男です。シルヴィア様の部屋近くに行こうものなら、警備兵に見咎められて、すぐに捕まってしまいます」

「ゲルダが侍女の服を用意する。シルヴィアが部屋を留守にするときを見計らって、あなたに動いてもらいたい」

リクハルドは言葉も出ない。そんな無茶な話があるだろうか。女装してシルヴィアの部屋に忍びこみ、あるかどうかもわからない不貞の証拠を探すなんて――。

「父上の容態は悪くなる一方だろう。早くシルヴィアの権勢を削《そ》ぎたい。できれば王城から追放したいのだ。リクハルド、協力してくれないか」

フェリクスが苦渋の表情で頭を下げる。

不意に、リクハルドはすべてを理解した。

（そうか……）

いままで腑《ふ》に落ちない、けれど自分にとって不都合なことになりそうだから見て見ぬふりをしてきた事柄が、いますべて繋《つな》がって見えた。

（そうだったのか……）

フェリクスは、最初からリクハルドにこのやっかいな頼み事をするつもりで近づいてきたのだ。

なぜ百人もいる愛妾の中から選ばれたのかわからないが、フェリクスはリクハルドを利用しようと思って後宮にわざわざ通った。優しくして、親しくおしゃべりして、まるで本当に恋をしているようにリクハルドに触れたわけだ。十年も孤独だったリクハルドは、すぐに警戒心をなくしてフェリクスの優しさに溺《おぼ》れた――。

胸が引き裂かれるように痛んだ。うまく息ができない。苦しくなり、慎重《しんちょう》に呼吸した。目の奥が熱くなってきて、涙が溢れそうになる。けれどそれを飲みこんで、泣かないように我慢した。

フェリクスの前では泣きたくない。

（だって、騙《だま》されていたとわかっても、私はこんなに殿下のことが好き……）

好きな人に悲しい泣き顔なんて見せたくない。いま苦悩の表情を浮かべているフェリクスは、本当に辛そうだった。

（殿下はきっと、私にこんな頼み事をするのを申し訳ないと思っているにちがいない）

フェリクスが、この部屋で楽しそうにしていた時間のすべてが嘘だとは思えない。リクハルドに対して、少しでも罪悪感があるのなら、それで救われる。

（ああ、逆に陛下に対しての罪悪感はないのかもしれない。私を利用するための方便だったなら）

それならそれでよかった。自分の存在がフェリクスの精神的負担になっていないのなら、喜ばしい。

「……殿下、私にその難しい任務がこなせるかわかりませんが、全力で取り組もうと思います」

望む返答だったはずなのに、フェリクスはギョッとした顔をした。

「引き受けるのか？　もしシルヴィアに見つかったら、どうなるかわからないんだぞ？　不審者として投獄《とうごく》されるならまだいい。その場で殺されるかもしれない」

それは怖い。まだ死にたくない。けれど。

「そうなったらそうなったときです」

恐怖心をぐっと抑えこみ、顔を上げた。

「なにぶん、こうした隠密行動ははじめてですので、殿下のご期待に添えるかどうかわかりませんが、頑張ります」

「断ってくれてもいい。無理だと思うなら」

「でもシルヴィア様を失脚させたいのでしょう？」

う、とフェリクスは言葉に詰まり、俯いた。

正直な人だ。そして、やはりとても優しい。

「殿下のためなら、私はなんでもします。あなたのおかげで、私の人質生活は楽しいものとなりました。感謝しています」

自然と笑みが浮かんだ。堪《こら》えきれなかった涙で瞳が濡れているかもしれないが、こぼれ落ちて頬を濡らすことはなかった。

「……なにかほしいものはないか。あなたが命をかけてくれるのならば、私はそれに報《むく》いたい」

「ほしいものは、とくに――」

「父上亡きあとの生活は、それとはべつに保障する。なんでも言ってくれ。私ができることなら、あなたの望みをかなえよう」

「殿下……」

握っていたリクハルドの手の甲に、フェリクスがくちづける。碧い瞳がまっすぐにリクハルドを見つめた。

ほしいもの。

そんなもの、いままでなかった。すべてを諦めてここで生きていた。でもいま、頭に浮かんだものがある。

「あ……」

言おうとして躊躇い、視線をさまよわせると、勘のいいフェリクスが「なにかあるんだな?」と距離を詰めてくる。

「言ってくれ」

「でも、こんなこと」

「いいから、言ってくれ」

しつこく迫られて、リクハルドはおずおずと望みを口にした。

「……殿下と、その、また触れあいたいです」

言ってしまってから、カッと顔が熱くなった。はしたないし、畏れ多いことを願ってしまった。恥ずかしくてフェリクスの顔を見ることができない。

「あの、取り消します。忘れてください」

「忘れていいのか？」

「あ、いえ……」

「本気ではなかったのか。私に嘘を言ったのか？　昨日の触れあいを、私とおなじようにあなたも忘れられないのかと知って、一瞬喜びかけていたのに」

えっ、と顔を上げる。目の前に、微笑んだフェリクスがいた。近い、と思ったときには、唇が重なっていた。

「体に触れるだけでいいのか。もっと奥深く、私と繋がりたいと思わないのか？」

「深く、繋がる……」

性器に触れる以上の行為をほのめかされて、ますます顔が熱くなった。フェリクスがまたくちづけてくる。

「嫌だとは思っていないようだな」

「嫌だなんて、思うはずがありません。殿下、お慕《した》いしていますと言いました」

「そうだったな」

「殿下がお望みなら、どうか、私を――」

好きなようにしてくださいと、はっきり言葉にすることはできなかった。自分の立場が頭を過《よ》ぎる。

「私が望むなら、触れ合い以上のことをしても許してくれるのか？」

フェリクスは優しく微笑みながら、そう言った。リクハルドの望みを聞いてくれていたはずなのに、いつしかフェリクスの望みにすり替わっている。リクハルドが口にできない言葉を、フェリクスがあえて自分の望みとして言ってくれたのだ。

「あなたの忠誠心に応えて、寵を与えたい。いいか？」

耳元でそっと囁かれた声に、リクハルドは心を震わせた。はい、と音にならない声で返事をする。

リクハルドはフェリクスに抱き上げられ、昨日のように、そのまま寝台に運ばれた。静かに下ろされ、上になったフェリクスに深いくちづけをされた。舌を絡められ、上顎《うわあご》をしつこく舐められる。気持ちよくて陶然としたリクハルドを寝台に残し、フェリクスが部屋中の窓にカーテンを引きにいった。

昼間なのでランプはつけていなかったが、古いカーテン生地はところどころほつれていて、陽光を通す。暖炉の炎もあるから、暗闇にはならない。

「リクハルド」

あらためて覆い被さってきたフェリクスの背中に、リクハルドはおずおずと腕を回した。

「あの、私、こうした行為は、はじめてです」

伝えておかなければと、リクハルドは真剣に話した。

「愛妾のたしなみとして、自分で体を慣らすことは推奨《すいしょう》されていたのですが、私にそんな機会はないと思いこんで、いままでなにも、していませんでした。上手くできるかどうかわかりません」

「そうか」

「申し訳ありません」

「謝らなくていい。私が望んだのだ」

フェリクスは口元に笑みをたたえている。

「こんなことになるとわかっていたら、きちんと準備をしていたのですが」

「もう余計なことをしゃべるな」

ついばむようなくちづけを交わしながら、服を脱がされた。露わになった胸から腹にかけて、フェリクスに撫でられる。羞恥と官能がさざ波のように押し寄せてきた。

物心ついてから他人に肌を晒《さら》したことはない。入浴や着替えのときに使用人に手伝わせるほど、ヴィルタネン王国の王室は人手が余っていなかった。

「きれいな肌だ」

肌を褒められ、フェリクスの唇が胸に落ちてきた。胸の飾りをちゅっと吸われただけなのに、全身になにかが走り抜ける。

「あ……っ」

下腹部がずきんと甘く痛む。そこに一気に熱が集まったのがわかった。昨日の快感の記憶はまだ生々しく残っている。体が勝手に期待しているようだった。

下肢《かし》も剝《む》き出《だ》しにされ、リクハルドだけが全裸になった。フェリクスはまだ一枚も服を脱いでいないのに、こちらは半《なか》ば勃《た》ちあがった性器まで露《あら》わにされている。観賞するようにまじまじと全身を眺められて、恥ずかしかった。

「殿下、そんなに見ないでください……」

「なぜだ？　こんなに美しいものをじっくり見ないでどうする」

「あっ」

性器を握られた。

「可愛いな。もうこんなにして」

くにくにと手の中で揉《も》まれ、気持ちよくてたまらない。またたくまに限界近くまで充血した。

「あ、ああっ」

すぐに達してしまいそうになる。けれど焦《じ》らすように嬲《なぶ》り方《かた》が加減された。胸や臍《へそ》のまわりに、たくさんくちづけされる。舐められて吸われた胸の飾りは、赤く腫《は》れてツンと尖ったようになった。ときおりチクッとするくらいに吸われた。白い肌に、無数の赤い花が咲く。いくつもの愛撫の痕跡《こんせき》に気づき、リクハルドは幸福感にどうにかなりそうだった。

ゆるゆると性器を扱《しご》かれ、喘《あえ》ぐだけになっているリクハルドの口元に、フェリクスの指が差し出された。

「リクハルド、舐めろ」

命じられるままに指を舐めた。

「唾液《だえき》を絡めるように、そうだ、上手だな」

褒められて、リクハルドは嬉しかった。その指がなんのために濡らされているかなんて、考えもしない。

いつのまにか両脚を開かされ、そのあいだを着衣のフェリクスが陣取《じんど》っていた。尻の谷間に濡れた指が差しこまれる。

「あっ」

慎《つつ》ましく閉じた窄《すぼ》まりを突かれ、リクハルドはできるだけ力を抜こうと努力した。指は一本なら難なく入ったが、二本目となると難しい。

フェリクスが身を起こして離れていく気配に、リクハルドは慌てた。

「待って、待ってください、殿下、やめないで！」

半泣きで縋《すが》りついたリクハルドを、フェリクスが苦笑しながら抱きとめてくれる。

「やめるつもりはない。体勢を変えた方がいいと思っただけだ」

うつ伏せになるように促され、リクハルドは従順に体の向きを変えた。腹の下に枕が押しこまれ、尻をフェリクスに突き出すような格好になる。リクハルドは首まで真っ赤になった。

「で、殿下、これは、なに……」

「動かないように」

振り向こうとして思い留まった。尻の谷間がフェリクスの手で開かれる。そこが見られているのだ。羞恥のあまり頭がどうにかなってしまいそうだった。

ぬるりと柔らかなものが窄まりを撫でた。生暖かいそれが、くすぐるように尻の谷間を往復する。感触は、指ではありえない柔らかさだった。

「あ、んっ」

指があらためて挿入《そうにゅう》される。出し入れされる指のまわりを、柔らかなものが這い回った。どうしよう、気持ちいい――。

指だけでは感じられなかったのに、その柔らかなものが湿り気を足しながら、優しく解《ほぐ》すように窄まりをなぞっている。

余計な力が抜けたのか、指が二本に増やされても受け入れることができた。ぬくぬくと出し入れされて、わずかながら快感らしきものが生まれてくる。

指が三本になったとき、明確な快感があった。内側の粘膜のどこかに、触れられると心地よい場所がある。「あんっ」と思わず甘ったるい声が出てしまい、フェリクスに知られた。

「ここが、あなたのいいところか。わかった」

「あ、いやっ、ああっ」

フェリクスの指が、そこを執拗《しつよう》に擦《こす》る。柔らかなものもいっそうぬるぬると這い回った。

気持ちいい。リクハルドは敷布に縋りつき、浅ましく腰を振ってしまわないように自制した。

けれど柔らかなものが指に沿って、中に入ってくると、我慢できない。

「ああ、ああっ、殿下、んんっ」

放っておかれている性器からは、たらたらと汁が垂れた。

（いったいこれはなに？）

体を捻《ひね》って背後を見遣り、仰天した。尻の谷間に、フェリクスが顔を埋めていたのだ。

「で、殿下、なに、いったいなにを！」

柔らかなものは舌だった。リクハルドは不浄の器官を舐められていたのだ。

いきなり暴れはじめたリクハルドを、フェリクスが「動くなと言っただろう」と押さえつけてくる。

「やめてください、殿下がそんなこと！」

「あなたの未経験の穴を解すためにしていただけだ」

「いやです、されたくないです」

「そうだな。もう大丈夫だろう」

フェリクスは上体を起こし、騎士服を脱ぎだした。鍛《きた》えられた立派な体が現れる。股間《こかん》には、昨日触れさせてもらった性器が、天を突く勢いで反り返っていた。

さっきのようにうつ伏せにされかけたので、リクハルドはみずから仰向けになった。

「こちらでお願いします」

「はじめてだろう。後ろからの方があなたの負担が少ないと思うのだが」

「いいえ、向きあってしたいです」

これが最初で最後かもしれない。フェリクスの顔を見たかった。どんな表情をするのか、目に焼きつけたいのだ。

「……わかった」

頷いたフェリクスが体を重ねてくる。一糸まとわぬ姿で抱き合い、彼の重みに陶然とした。

丁寧に解された後ろに、フェリクスの雄芯《ゆうしん》があてがわれる。

少しずつ入ってくる大きなもの。痛みがまったくないと言えば嘘になる。しかし、フェリクスの体の一部を受け入れているのだと思うと、痛みよりも魂《たましい》の喜びが大きかった。

痛みを我慢させることはしない、優しくすると言ってくれたとおり、フェリクスはリクハルドに配慮して、辛抱《しんぼう》強く時間をかけてそれを埋めこんだ。

深みに到達すると、フェリクスがひとつ息をついてリクハルドの唇をついばんだ。

「痛いか？」

いいえ、と首を横に振る。我慢しているわけではない。本当に痛みはなかった。わずかにあった痛みは、いつのまにか消えている。

ゆっくりとフェリクスが腰を使い出した。中の感じてしまう場所を擦られ、リクハルドは背中をのけ反らせる。胸を突き出すような体勢になったからか、赤く腫れたままの尖りをチュウッと吸われた。

「やあっ、あっ、あっ」

もう片方の乳首は指で捏ねるようにされ、びくびくと全身を跳ねさせてしまう。そのたびに中にいるフェリクスを締めつけ、その逞しさをありありと感じてしまった。

「ああ、あなたの中は、とても心地いい」

上ずった声でフェリクスが呟いてくれ、多幸感が指先にまで満ちていく。

「ああ、殿下……っ」

嬉しい。愛しい人が感じてくれている。自分も感じている。こんな幸福はあるだろうか。

もういつ死んでも悔《く》いはない。たとえ失敗してシルヴィアに殺されても、フェリクスの役に立てなかった申し訳なさはあるだろうが、自分の生への執着はないにちがいない。

「リクハルド……！」

体の奥に、熱いものが迸ったのがわかった。

フェリクスの種だ。リクハルドの腹には決して根付かない、命のかけら。

この瞬間だけ、二人がひとつになれたような気がして、リクハルドは喜びの涙をこぼした。

その翌日、リクハルドの部屋までゲルダが侍女の服を持ってきた。

「あなた様ていどの身長なら大柄の女性で通りますが、人目のある廊下を歩くときはスカートの中で膝を曲げたり猫背気味になったりして気をつけてください」

そう指導を受け、シルヴィアの部屋の見取り図を見せられた。

シルヴィアの居室は後宮の中でもっとも国王の寝室に近い場所にあり、寝室、浴室、二つの居間、専任侍女の控え室が二つ、衣装部屋だけで五つもあるという説明が、ゲルダからされる。

買収した侍女がすでにシルヴィアの部屋を探っているが、まだそれらしいものは見つかっていないという。

「なにも見つからないことこそが証拠だと思っています。おそらく厳重《げんじゅう》に保管しているなにかがあるはず。わたくしは手紙だと思っています」

ゲルダがきっぱりと言い切ったので、リクハルドは手紙のようなものを探すことにした。男から贈られた宝飾品など、リクハルドには無縁すぎて見分けがつかないからだ。

「明日の夜、シルヴィア様は夜会に招待されてお出かけの予定です。お気に入りの侍女も連れて行きますから、部屋はほぼ空になるはず。わたくしが案内しますので、ここで待機していてください」

さっそく明日の夜、シルヴィアの部屋に行くことになった。いまから緊張するリクハルドに、ゲルダは無表情をかすかに崩した。

「……いまなら断れますよ」

リクハルドは驚いてゲルダを見た。失言だったのか、ゲルダは顔を背けてなにもなかったような態度を取る。

「女官長、私はいまさら断るつもりはありません」

「そうですか」

「もし失敗しても、殿下の名はいっさい口にしないと誓います」

フェリクスは捕まったらその場で殺されるかもしれないと言ったが、だれの指示で忍びこんだのか、拷問にかけられる恐れもある。

たとえなにをされようとも、リクハルドはひとことも漏らさないと心に決めていた。愛する人を守りたい。引き受けると決めたのはリクハルド自身だし、失敗したら、それも自分の責任だ。

「それについては心配していません」

ゲルダがそう言ってくれて、リクハルドはつい笑ってしまった。信用されている。それが嬉しかった。

翌日の夕方、シルヴィアが夜会に出かけたとゲルダが知らせに来て、侍女の服に着替えていたリクハルドは部屋を出た。

途中、以前からの協力者だという侍女サリーと落ち合った。サリーはまだ十代後半くらいの若い侍女で、痩せて暗い目をしている。サリーは女装姿のリクハルドをちらりと見ただけで、なにも言わなかった。

ゲルダを先頭に三人は静かに廊下を歩き、後宮の中でもリクハルドが足を踏み入れたことがないあたりまで移動した。

「ここから先がシルヴィア様の居住区になります」

その周囲には警備兵の姿が少なかった。シルヴィアの部屋には高価な宝石やドレスが山ほどあるだろうから、より厳重《げんじゅう》に警戒しなければならないはずなのに。ゲルダが配置変更をして今夜だけ減らしたらしい。

「行きましょう」

その場でゲルダと別れ、まるで王の間のような荘厳《そうごん》で緻密《ちみつ》な彫刻がほどこされた扉の前に行く。扉の両脇には警備兵が立っていた。リクハルドは緊張のあまり心臓が口から飛び出そうになりながらもなんとか平静を装い、不自然にならないていどに俯いていた。

「お掃除に来ました」

サリーがそう言うと、警備兵はすんなりと通してくれた。薄暗い部屋の中に、人気《ひとけ》はなかった。ホッとしてしゃがみこみたくなったリクハルドだが、重要なのはこれからだと踏ん張る。

「だれもいないのですか」

「あたしが今夜の掃除と留守番役なのよ。一番下っ端だから。みんな夜会に行きたいの。侍女なんて控え室で待機しているだけなのに」

サリーは小馬鹿にしたように言った。

リクハルドはこの大国の貴族たちの社交場である夜会がどんなものなのか、まったく知らない。フェリクスはどんな衣装で出席するのだろうか。きっと凜々《りり》しくも華やかな衣装を身にまとい、貴族の令嬢たちの熱い視線を一身に集めるにちがいない。

リクハルドは生涯、フェリクスのその姿を見ることはかなわないだろうが。

「掃除もするのですか」

「しないわよ。いつも隅から隅までぴかぴかに磨《みが》きたてているんだから、一回くらいしなくたってわかりゃしないわ」

サリーはふんと鼻で笑った。

「女官長から聞いていると思うけど、衣装部屋だけで五つもあるわ。あたし一人じゃなかなか進まなかったの。手分けしてやりましょう」

サリーの指示のもと、リクハルドはさっそく奥へと入っていった。

◇

フェリクスは自分の部屋でじっと待っていた。着替えもせずに、騎士服を着たままだ。

本当は執務室に留まり、ゲルダからの連絡を待つつもりだった。しかしグスタフに、それでは不自然だから、いつものように自室に帰った方がいいと言われてしまったのだ。

「リクハルド……」

いま、リクハルドがシルヴィアの部屋に忍びこんでいるはずだった。彼が気になって、フェリクスは食事も取れていない。

夜が更けるにしたがって、いよいよ胃が痛くなるほどの心配に襲われる。シルヴィアが夜会を早めに切り上げて戻ってきたら、リクハルドが見つかってしまうかもしれない。

じっとしていることに耐えられなくなり、フェリクスは部屋を出ようとした。

そこにちょうどグスタフがやって来た。室内着に替えていないフェリクスを見て、グスタフが眉間に皺を寄せる。

「こんな時刻にどこかへお出かけですか」

「いや、なんでもない」

慌てて部屋の奥に戻るフェリクスの後ろを、グスタフがついてくる。

「ついさきほど、ゲルダから連絡がありました。今日はとくにあらたな発見はなかったそうです」

「リクハルドは無事なのか」

「彼については言及がなかったので、問題はなかったと思われます」

「そうか……」

成果がなかったという報告よりも、リクハルドの身になにごとも起こらなかったことが嬉しい。フェリクスはホッとして、脱力した体をカウチに座らせた。

「つぎは明後日の夜になります」

「……そうか」

なんらかの結果が出るまで、これが続くことになる。フェリクスとしてもリクハルドにだけ負担を強いているわけではない。自分なりにシルヴィアの身辺を調査している。

しかし、人事への干渉《かんしょう》や収賄《しゅうわい》、衣装や宝飾品への浪費などは、いまにはじまったことではない。国王はシルヴィアに甘いため、それらをたいした問題ではないと捉えているので、ほとんど意味がなかった。やはり国王に一番訴《うった》える力があるのは、不貞だ。

フェリクスがリクハルドにしてやれることは、ただ無事を祈ることだけだった。

その二日後、予定どおりにリクハルドはまたシルヴィアの部屋に忍びこんだと連絡があった。

けれどまたもや成果はなし。

三回目は三日後の昼間に計画された。シルヴィアは懇意《こんい》にしている貴族の茶会に招待されていた。

フェリクスはその日、執務室でいつものように仕事をしながらも、リクハルドのことで頭はいっぱいだった。

書類を読もうとしても、視線が文字と数字の上を滑《すべ》る。文官になんども体調の心配をされてしまった。

夕方になってから、執務室にグスタフがやってきた。首から下をマントですっぽりと覆ったまま、脱ごうとしない。やや緊張した面持《おもも》ちで、「すぐにお見せしたいものが」と耳打ちしてくる。

なにかが発見されたのだ。フェリクスは室内にいた文官を下がらせ、人払いした。

グスタフがマントの下から出したのは、手紙の束《たば》だった。

「どうぞ」

グスタフが執務机に置いた手紙のひとつを手に取る。

宛名はシルヴィア。シルヴィアが受け取ったものということだ。封筒はさまざまで、凝《こ》った意匠《いしょう》のものが多い。まちがいなく私信だ。

送り主は、なんと、すべてアードルフ・アルキオだった。国王の弟で、国務長官の任に就いている人物だ。

「まさか、アードルフ殿下？　叔父上《おじうえ》が？」

「そのまさかです」

フェリクスは封筒から便箋《びんせん》を取り出し、読んでみた。「あなたの美貌《びぼう》の虜になっている哀《あわ》れな男にお慈悲《じひ》を」とか、「昨夜のあなたは女神のように神々しく」と、安っぽい芝居のような文言《もんごん》が綴《つづ》られている。あきらかに恋文だった。

「リクハルド殿が衣装部屋の一番奥で見つけたそうです。小型のトランクいっぱいに、日付順に整理されて、大切そうにしまわれていたと。警備兵の目があるためトランクそのものを持ち出すことはできず、中身の一部をスカートの中に隠して持ち出したそうです」

何通かゲルダが読んだところ、具体的な逢《あ》い引《び》き場所や、手引きした人物の名前なども書かれているらしい。

「もっとも古い手紙は十年前の日付です」

「十年前か……」

国王がたびたび寝付くようになったのが、約十年前だ。そのころシルヴィアはまだ三十代半ば。女として体を慰《なぐさ》めてくれる男を欲したとしてもおかしくない。

「しかし、叔父上が……」

名もない騎士や役者ならば、発覚してもただの火遊びですんでいたかもしれない。しかし王弟が相手となると、大変な醜聞《しゅうぶん》になる。シルヴィアが高い地位の男を望んだがゆえか。

アードルフの手紙には、終わりの方に「手紙は読んだら燃やしてください」と毎回書かれていた。しかしシルヴィアは処分していない。それどころか日付順に整理して、大切に残していた。

二人の関係がどんなきっかけではじまったのかは不明だが、シルヴィアはあきらかにアードルフに情を抱いている。

よくぞ十年も隠し通してきたものだ。

アードルフは今年で五十歳になる。三十年近く連れ添った妻と、すでに成人している息子と娘がいる。夫婦仲が悪いという話は聞いたことがなかった。

「父上は叔父上を信頼している。若いころから心臓に持病があった父上は、ご自分の代理をいつも叔父上に任せていた。叔父上はその期待に応《こた》え、手堅《てがた》く執務を代行して――」

フェリクスは何通もの手紙をまえに、しばし呆然とした。

シルヴィアの不貞を暴いて父親を怒らせ、王城から追い出そうと画策したのは自分だ。父親が気の毒でならなかった。彼がこの裏切りを知ったとき、どれほど心を痛めるか、想像しただけで苦しくなってくる。

フェリクスは、人が人を愛するということがどういうことなのか、知らなかったのだ。体だけは大人になっていても、精神が子供だったのかもしれない。

息子である自分が、余命いくばくもない父親を、悲しませ苦しめるのか――。

「殿下、侍従長に陛下の面会の許可をもらわなければなりません。すぐにでも、この事実を陛下にお伝えしましょう」

グスタフにはっきりとそう言われ、我に返った。フェリクスの心の迷いを、グスタフは敏感に察知していた。睨《にら》みつけるように凝視している。

「殿下、国を救うのです。これであなたは救国の王子ですぞ」

フェリクスは目を閉じた。

国を救う――。救国の王子などという大それた名で呼ばれることを望んだ覚えはないが、たしかにこれでシルヴィアを追い落とすことができる。

もう走り出してしまったのだ。いまさらとめられない。父上がどれほど傷つこうが、シルヴィアからこの国を守るためだ――と、自分自身に言い聞かせる。

「いますぐに侍従長に会おう。主治医は父上のそばについているはずだ」

覚悟を決めて顎を上げた。グスタフがニッと不敵に笑い、手紙をトレイに載せた。

「行きましょう」

グスタフに促《うなが》されて、フェリクスは執務室を出た。

フェリクスは、薄暗い廊下をひたひたと足音を殺して歩いた。先導するのはゲルダ。

夜の後宮――しかももっとも端に位置する廊下には最低限の灯《あか》りしかなく、ゲルダの案内がなければ迷っていたかもしれない。

ひとつの扉の前でゲルダが足を止めた。リクハルドの部屋だった。

「殿下、四半刻だけです。いいですね」

「わかっている」

念を押されながら、フェリクスは扉を小さく叩いた。すぐに「何事ですか?」と中から声が返ってくる。

「私だ。フェリクスだ」

名乗った直後に扉が開き、呆然とした表情のリクハルドが顔を出す。素早く中に入り、フェリクスは夜着姿のリクハルドを抱きしめた。

すでに就寝の用意をすませ、もう寝るばかりになっていたらしい。ランプは消されていて、暖炉の残り火だけがぼんやりとあたりを照らしている。

「殿下、こんな夜更《よふ》けにどうされたのですか。なにかありましたか?」

いままでこんな時間にフェリクスが訪ねてきたことはない。なにか起こったのではと、リクハルドが顔を歪める。

「もしや、私が見つけた手紙が役に立たず、殿下の立場を悪くしたのでは……」

「いや、ちがう。そんなことはない。あれは大いに役立ちそうだ。ありがとう。今夜はあなたに感謝の気持ちを届けたくて、ゲルダに無理を言ってここまでやって来た」

役に立つと聞いて、リクハルドが安堵《あんど》の息をついた。暖炉の前まで手を引き、フェリクスはあらためて礼を言った。

「リクハルド、ありがとう。あなたのおかげでシルヴィアを窮地《きゅうち》に追い込むことができそうだ。あなたの勇気と献身《けんしん》に私は感服している。本当にありがとう」

「殿下のお役に立つことができて、とても嬉しいです。しかし、私だけで成《な》せたことではありません。もう一人、サリーという侍女もいっしょに探したのです。彼女にもどうか労《ねぎら》いの言葉を」

そのサリーは、すでに後宮から去っている。手紙が見つかった直後にゲルダが報酬金《ほうしょうきん》を渡し、王都からすぐ出るようにと指示したと聞いた。リクハルドはそれを知らないようだ。

「今夜、なんとかあなたに会いたいと思ったのは、明日から私は忙しくなるだろうから、しばらく会えなくなると考えてのことだ」

リクハルドが「そうですか」と頷いた。

「父上にはもう手紙を見せた。ひどく動揺されていたが、明日には落ち着かれてなんらかの決断を下すことだろう。おそらく大変な騒ぎになる。混乱を一日でも早く治めるために、私は多方面に働きかけなければならない。けれど、絶対に時間を作って会いに来るから、ここで待っていてくれ」

「殿下……」

切なそうに見上げてくるリクハルドを、フェリクスは抱きしめた。滑《なめ》らかな白いこめかみに唇を押しあてる。それだけでは我慢できなくて、唇を頬に移動させた。そして、結局は唇にも。

「あ……」

かすかな喘ぎ声に、フェリクスの雄《オス》が反応しそうになる。リクハルドの体温が一気に上昇したのか、首元から甘やかな体臭が香った。

衝動に抗《あらが》いきれず、フェリクスは舌で歯列を割り、ねじこんだ。口腔内《こうこうない》を舌で激しくまさぐり、吐息までをも奪うほどに蹂躙《じゅうりん》する。

このまま寝台に押し倒したい。一度だけ味わった、あの甘美なときをくりかえしたい。

この奇跡のように純粋で無垢な存在に、また自分を刻みつけたいのだ。愛の証《あかし》を注ぎこんで、ひとつになりたいのだ。

本能に支配されそうになったフェリクスを現実に引き戻したのは、扉を叩く音だった。

「殿下、もうお戻りください」

ゲルダの声に我に返る。もう四半刻すぎてしまったのかと呆然とする。

腕の中のリクハルドは目を潤ませ、足下をふらつかせていた。慌てて寝台まで連れて行き、横たわらせる。

「すまない、やりすぎた」

いいえ、と掠《かす》れた声でリクハルドが恥ずかしそうに返してきた。可愛い。

「リクハルド、つぎに会ったとき、また抱いてもいいか」

「殿下……」

「私が、あなたを抱きたいのだ。あなたを愛している」

リクハルドの目が大きく見開かれた。いままでも愛情を示す言動をしてきたつもりだったが、色恋の経験がまったくないリクハルドはよくわかっていなかったのかもしれない。

驚きのあまり唇をかすかに震わせるだけで、なにも言えなくなっているリクハルドが愛らしい。

「あなたを私だけのものにしたい。父上が亡くなっても、国に帰したくない。絶対に住処を用意するから」

「……でも、私は……」

「拒否の言葉は聞きたくない。あなたも私を愛しているはずだ。そうだろう？」

そうだと言ってくれ、と想いをこめて見つめれば、リクハルドは涙を浮かべて「はい」と震える声で返事をした。

「殿下を、心から、愛しています」

「ありがとう」

たまらない喜びが胸いっぱいに膨《ふく》らみ、フェリクスは笑顔でもう一度くちづけた。

「また会いに来る。待っていてくれ」

おやすみ、と囁いて、寝台に横たわったままのリクハルドに見送られながら、部屋をあとにした。

廊下に出てきたフェリクスにゲルダはなにも言わず、暗い廊下を歩き出す。フェリクスはその後ろについていきながら、ティーナのことを考えた。

(……婚約を解消しよう)

ひっそりと、そう心に決める。ゼーデルホルム家を怒らせて敵に回してしまうかもしれないが、自分の心に嘘はつけない。

ティーナと結婚生活を送りながらリクハルドのもとへ通う生活など、とても無理だ。想像しただけで辛く、リクハルドもティーナも不幸にしてしまう未来しかないように思う。

母親はやはり正しい。年の功なのか、フェリクスの親だからなのかはわからないが。

(自分のためにも、リクハルドのためにも、この国をよりよくしていきたい)

まずはシルヴィアを排除しなければ。

明日からはじまる戦いに向けて、フェリクスは気を引き締めた。

◇

リクハルドは静かに絵筆を動かした。

四号のちいさなキャンバスの中から、フェリクスがこちらを見ている。艶《つや》やかな髪の流れ、瞳の輝き、肌の質感、そうしたものに気遣いながら、一筆一筆、丁寧に描く。

自分だけのフェリクスができあがっていくようで、リクハルドは幸せを感じていた。

あの夜から、すでに七日がたっている。

リクハルドがシルヴィアの衣装部屋で見つけた大量の手紙の一部は、ゲルダの手からフェリクスに渡った。その夜に、フェリクスはわざわざリクハルドを訪ねてきて、労ってくれた。嬉しかった。好きな人の役に立てたのだ。

あれからどうなったのか、部屋まで食事や薪を運んでくる侍従たちの断片的な言葉から、フェリクスが予想していたとおり大変な騒ぎになっているのはわかった。

国王は王弟に謹慎《きんしん》を言い渡したらしい。それがいつ解かれるか、いまのところわからない。

シルヴィアは身ひとつで王都から追放されることになりそうだ、と侍従は話していた。

王太子ザクリスの狼狽《うろた》えぶりがひどいそうですよ、と侍従は苦笑いしていて、リクハルドはひとつの可能性に気づいた。

フェリクスはザクリスから王太子の座を奪おうとしているのではないか。国王亡き後、みずからが玉座に就くつもりなのではないか。

ザクリスとは直接会話をしたこともないし、広く民衆の声を聞いたこともないが、あまり評判がよくないことくらいは知っている。フェリクスの方が国民の人気を集めていて、王の器があると言われていることも。

フェリクス本人もそう思っているのだとしたら、今回の騒動はそのためのものだったのか——。

ふう、と息をついて絵筆を置いた。一度椅子から立ち上がり、三歩ほど離れた場所から絵を眺めてみる。

フェリクスの印象は毅然《きぜん》として清涼だが、リクハルドは肖像を柔らかな色調で描いていた。

(私が愛した殿下は、こういう人です)

笑顔が優しくて、穏やかに話して、そっとリクハルドに寄り添ってくれる。そんなふうに表現したかった。

時間を作って会いに来ると言ってくれたフェリクスだが、七日間、音沙汰《おとさた》はない。

もし、もしも、このまま会いに来てくれなくなったとしても、恨むつもりはなかった。リクハルドを利用する予定で近づいてきたのだ。用済みになった者に、もう時間を割《さ》く必要はない。

一度だけ抱いてもらえた。肖像画を描くことを許可してくれた。それだけでじゅうぶんだと思わなければいけない。欲張ってはいけない。

体に刻みこまれた、あのときのフェリクスの熱は、きっと一生、リクハルドを励《はげ》まして癒してくれることだろう。

そんな日々を送っていたある夜、ゲルダがやって来た。

そろそろ就寝のしたくをしようかとしていた時間。もしかしてフェリクスが訪ねてきてくれたのかと胸を躍《おど》らせて扉を開けたが、そこに立っていたのはゲルダだった。

「フェリクス殿下から、伝言を授かってきました」

いつも背中に定規でも差しているかのような姿勢の女官長は、まず現状を知らせてくれた。

「シルヴィア様は二、三日のうちに王都を出ることになりました。おそらく、王太子殿下はなんらかの決断をされると思われます」

「それは、どういう……？」

「ザクリス様が身辺の整理をしているという情報が入っています。ご実家に戻られるシルヴィア様に同行するおつもりではと推測されます」

「……つまり、王太子の座を返上するかもしれない、ということですか？」

「わたくしの口から、これ以上のことは言えません」

「もしかして、フェリクス殿下が、王太子になられるかも、と……？」

「わたくしの口からはなにも言えません」

ゲルダはおなじような言葉をくりかえし、顎を上げる。

「陛下のご病状が悪化しています。シルヴィア様の件が、心身の負担になられたのでしょう。医師の診断では、もってあと十日ほどだということです」

息を飲んだリクハルドを、ゲルダがじっと見つめてくる。

「では、フェリクス殿下からのご伝言です。『もう会いに来ることはないだろう。いままでの献身に感謝している。健康に過ごせ』以上です」

頭が真っ白になった。息をすることも忘れて立ち尽くしているリクハルドから、ゲルダがついっと視線を逸らす。

「おやすみなさいませ」

ゲルダが静かに部屋を出て行った。

立ち尽くしたまま、どれだけの時間が過ぎただろう。暖炉の薪がパチンと爆《は》ぜた音に、リクハルドは肩を震わせた。

よろよろと暖炉の前に座りこむ。

「殿下……」

ああ、と両手で顔を覆う。

「殿下」

二度と会えなくとも仕方がないと、諦めの境地に至っていたつもりだった。けれど、実際にこの日が来たら、こんなにも辛い。

体がばらばらになりそうなほど、痛い。痛くて、苦しい。

どうしてこんなに涙が出るのだろう。涙で前が見えない。なにも見えない。ぽたぽたと床に涙の粒が落ちていく。あとからあとから、止まることなく。

「殿下……！」

目の前に暖炉の炎があるはずなのに、真っ暗だ。

闇しかない。

絶望の色とは、ひとすじの光もない、ただの暗闇だと知った。

◇

「第三王子の、フェリクスを、あたらしい王太子に、するように……」

横たわったままで国王クラエスがそう告げるのを、集められた重臣たちははっきりと聞いた。

フェリクスの耳にも届いた。

（とうとう……）

フェリクスは思わず目を閉じる。一瞬の達成感のあと、これから取りかからなければならないさまざまなことが頭をめぐった。

国王の寝室を重臣たちとともに出てすぐに、早足で歩きながら立太子の式典について意見を交わす。

シルヴィアは一昨日、王都を出て実家がある地方都市へ向かった。後宮に入ってから購入した宝飾品や美術品はいっさい持ち出すことを禁じられ、飾り気のない馬車と二人の侍女のみの罪人のような旅立ちだった。

護衛の騎士だけは大勢つけられた。

道中、シルヴィアに心酔《しんすい》していた貴族や商人が近づくのを防ぐためと、逆にシルヴィアに憎悪《ぞうお》を募《つの》らせていた者たちの襲撃に備えるためだった。

予想外だったのは、ザクリスがシルヴィアの後を追ったことだ。妻子を置いて、一人だけで母親を追いかけていってしまった。

無責任な行動をとったザクリスに国王はあきれはて、廃嫡《はいちゃく》すると決めた。そして今日、すでに起き上がれなくなっている国王は寝室に重臣たちを集め、フェリクスをつぎの王太子にすると宣言したのだ。

国王はおのれの死期を悟っている。みずからの言葉で重要なことは伝えたかったのだろう、ずいぶんと急いだ宣言だった。しかし、その判断に異議を唱《とな》える重臣はいない。

彼らに期待されている空気をひしひしと感じ、フェリクスは身が引き締まる思いだった。

執務室に戻り、グスタフに事の次第を報告する。

「おめでとうございます」

騎士の礼をして、グスタフが晴れ晴れとした笑みを見せた。グスタフのこれほどの笑顔を見たのははじめてだった。

「ありがとう。これからますます忙しくなるだろうが、ついてきてくれるか」

「もちろんです」

頼もしい近衛騎士団長に頷き、フェリクスは執務机の引き出しから封筒と便箋を出した。

さらさらと短い文章をしたためる。便箋をたたみ、封筒に入れると封蠟《ふうろう》した。

「グスタフ、これをリクハルドに」

最後にリクハルドに会ったのは、もう十日以上も前だ。あの夜に告げた真剣な気持ちは、微塵も減っていない。むしろ増えていた。

やはり会いに行く時間が取れなくて、それを詫《わ》びる手紙をときどき書いている。グスタフの手からゲルダに渡り、リクハルドに届く。

差し出した封筒を、グスタフはうやうやしく両手で受け取った。

「これで四通目ですね」

「そうか、四通目か。おまえは律儀《りちぎ》に数えているのか？」

真顔のグスタフに笑いかけ、フェリクスは隣室に控えている文官を呼んだ。国王の寝室に呼ばれたことで中断していた執務を再開する。グスタフがそっと退室していくのを視界の隅でとらえながら、フェリクスは差し出された書類に集中した。

翌々日、急遽《きゅうきょ》、立太子の儀式が行われ、フェリクスは正式に王太子となった。

国王が亡くなったのは、それから六日後のことだった。その二日前からすでに意識はなく、フェリクスとソフィはずっと付き添っていた。最期《さいご》は苦しむことなく、眠るように静かな死を迎えた。

国葬《こくそう》は五日後と法で決められている。

準備のため一斉《いっせい》に動き出した文官たちの目を盗んで、フェリクスはリクハルドにまた手紙を書いた。

後宮の愛妾たちは国葬後、十日以内に出て行かなければならない。たぶん会いに行けないが迎えの者を出すから待っているように、と綴った。最後には、いつものように「愛している」という言葉を添えて。

グスタフも多忙を極めていたが、手紙の仲介を請け合ってくれた。引き受けなければ、フェリクスがなんとしてでもリクハルドに会いに行くとわかっていたからだろう。

五日後、ちらちらと雪が舞う中、国葬はしめやかに執《と》り行《おこな》われた。後宮の愛妾たちも参列する。どれだけ離れていても愛する者の姿は見つけることができるらしい。リクハルドがどこにいるか、一目でわかった。

彼はヴィルタネン王国の喪服《もふく》だという白一色の服を身につけて俯《いた》いている。フェリクスの視線に気づいて顔を上げてくれないかと思ったが、彼は国王の死を悼んでいるのか、喪服よりも白い顔色で足下を見つめていた。

「殿下、お疲れでしょうけど、あと少しの辛抱《しんぼう》ですわ。頑張って」

フェリクスの婚約者としてティーナは隣に立っていた。リクハルドへ視線を向けていたのをぼんやりしていると勘違いしたのか、ティーナが励ましてくれる。

シルヴィアの事件から国王の国葬まで、フェリクスが息つく暇《ひま》もなかったことを、ティーナはよくわかっている。わがままな貴族令嬢ではあるが、国の一大事に非常識な言動をして周囲を困らせることはなく、フェリクスに寄り添ってくれていた。

このままフェリクスと結婚したらティーナは王妃だ。その自覚を持てと親から言われて、立ち居振る舞いに気を遣っているのかもしれない。

「ありがとう、ティーナ」

心の中では婚約解消を決めている。それが申し訳なくて、ティーナに優しく接した。

国葬が終わっても、時間の余裕はたいして生まれなかった。戴冠式《たいかんしき》の準備と並行して、後宮の制度の改革に着手したからだ。

放っておいたら、これまでの慣例どおり、あたらしい国王のためのあたらしい愛妾を何十人も集める作業に取りかかられてしまう。

いま、フェリクスが愛しているのはリクハルドだけだ。彼の存在を隠したまま独身を貫くか、それとも公表して後宮に住まわせるかはまだ決めていないが、世継ぎをつくるために国内外から美姫を集めるつもりはなかった。

執務の合間にグスタフを捕まえ、「リクハルドのための家の用意は出来ているな?」と確かめる。はい、とグスタフは頷いた。

「できるだけ早く、リクハルドへ使いを向かわせろ。すでに後宮へ金は流れなくなっている。日に日に、食事や薪などの支給が少なくなっていくはずだ」

一日も早く愛妾たちを追い出すために、後宮へは兵糧《ひょうろう》攻めのような措置《そち》をとるのだ。国の財務に関わっていたフェリクスはそれを知っている。

そんなかわいそうなことをするな、とフェリクスは安易に口を出すことはできない。退居期限を設《もう》けているのは、過去に長々と後宮に居座る愛妾が何人もいたからだ。対策を講じてからでなければ、方針変更はできない。せめてもっと早い時点で王太子になることができていたら、これほど後手に回るしかない状態にはならなかったのだが、いまさらだ。

フェリクスが目を通さなければならない書類はどんどん増えていく。文官たちも通常の勤務時間を大幅《おおはば》に超えて働いているため、文句など言えない。

年が明けるころには、絶対にリクハルドに会いに行きたい。あたらしい住処は、きっと日当たりがよく、居心地がいい家だろう。あたたかな部屋で、リクハルドとゆっくり話をしたい。

その日を楽しみに、フェリクスは執務に励んだ。

◇

リクハルドは小さなトランクに衣類を詰め、ひとつ息をついた。

フェリクスに借りた書籍はテーブルの上に積んである。画材一式も、その横に並べておいた。肖像画の習作は、最後の薪を暖炉にくべたときに燃やした。

暖炉の火はついさっき、燃え尽きて消えた。

国王の国葬のあと、薪の供給は途絶えた。事前に聞いてはいなかったが、そうなってもおかしくなかったので驚きはしなかった。

節約して薪を使ったが、五日目の今日、とうとう最後の一本が灰になった。いま部屋の中は、外とおなじくらいの気温になっているだろう。吐く息が白い。リクハルドは防寒用の外套を着て、部屋の整理をしていた。

今朝の食事を届けてくれた侍従は、申し訳なさそうに、「これが最後の食事です」と告げた。リクハルドは「そうですか」と頷き、午後にはここを出て行くことを伝えた。

「これだけは、持っていってもいいよね」

フェリクスの手を描いた絵を、一枚だけトランクの底にそっと入れる。

国葬に参列したとき、遠目ながらフェリクスの姿を見ることができた。黒い騎士服が凜々しかった。もう二度と言葉を交わすことはできない。現実の距離よりも、もっと遠い存在になってしまった。

彼の横には小柄な若い女性がいた。きっと婚約者のティーナだろう。ときおり会話をしているのが見て取れた。仲睦《なかむつ》まじい様子に、胸が痛かった。

あのときの切なさを思い出すと、何度でも泣けてしまう。もうなにもかも忘れなければならないのに。

完成したフェリクスの肖像画は、厳重に油紙で包み、紐《ひも》で括《くく》った。リクハルドのサインはどこにも入れずにおいた。

それを小脇に挟《はさ》み、トランクを提げて、部屋を出る。女官長の執務室へと向かった。廊下ですれ違う警備兵の数は少ない。生活必需品《ひつじゅひん》の供給が途絶えたので、愛妾たちはほとんど出て行ったのだろう。閉じられたいくつもの扉の向こうに、人気は感じられなかった。

ゲルダは女官長の部屋で仕事をしていた。

「リクハルド様」

「お別れの挨拶に来ました」

そう言うと、ゲルダは背後の金庫から、てのひら大の革袋をふたつ取り出した。

「どうぞ。これは国からの慰労金です。旅費としてお使いください。愛妾の方たちには全員お渡ししているものです」

「……ありがとう」

受け取った袋はずしりと重かった。

「そしてこれは、謝礼です」

ゲルダが差し出したもうひとつの革袋も、かなりの重みがありそうだった。

「謝礼……」

「あなたの働きに対する謝礼です」

礼が欲しくてあんなことをしたわけではない。受け取るのをためらったリクハルドの心情を察してか、ゲルダが「受け取ってください」といつになく感情がこもった、困惑した声で言った。

「拒まれると、わたくしが困ります」

そこでハッとした。この謝礼はきっと、口止め料も含まれているのだ。リクハルドが受け取らなければ、ゲルダだけでなくフェリクスも困るにちがいない。

「わかりました。いただきます」

リクハルドはふたつの革袋をトランクに入れた。

「私からは、これをあなたに」

油紙の包みをゲルダに差し出す。

「これは？」

「殿下の肖像画です」

ゲルダは驚いた顔をした。

「いつのまに肖像を？」

「殿下の許可はいただきました。思い出がほしくて。けれど私が持ち歩いては、万が一だれかに見られてはいけません。あなたに預けます。できれば殿下に渡してもらえたらと思いますが、あなたが不要だと判断したなら、その……も、燃やして、ください……」

最後まで冷静に話したかったのに、どうしても声が震えてしまった。ぐっと涙を飲みこんで、乱れそうになる気持ちを落ち着けようと深呼吸する。

ゲルダは肖像画の包みを持ったまま、無言でリクハルドを見つめていた。

なんとか泣かずに済んだことにホッとしながら、リクハルドはゲルダに別れを告げた。

「十年間、世話になりました。孤独な後宮生活でしたが、最後の最後に幸せな時間を持つことができて感謝しています。ありがとう」

たとえ仕組まれた出会いだったとしても、リクハルドは幸せだった。

ゲルダの部屋を辞し、そのまま後宮を出る。

何人かの警備兵の前をとおりすぎたが、誰何《すいか》する者も、引き留める者もいない。

王城全体を囲む城壁をくぐるのは、十年ぶりだった。水堀を渡る橋を、自分の足で歩く。故郷からの迎えの者などいなかった。

リクハルドの従兄リストは、体調不良を理由に国葬に参列していない。大国アルキオ王国への敬意など、微塵もないのだろう。国力の差を、たぶん理解していない。リクハルドを迎えに行くことも、まったく思いつきもしなかったにちがいない。

このままリクハルドが国に帰っても、厄介者あつかいされるのは目に見えている。けれど母と妹には一日でもいいから会いたかった。

とりあえず、リクハルドは王都内にある乗合馬車の管理所を訪ねて行った。

窓口で行き先を告げ、馬車の乗り継ぎ方を教わる。来たときの倍以上の日数がかかりそうだった。しかし料金は安い。できるだけ節約して金を残しておきたいので、これしかなかった。

「ちょうど、隣町まで行く馬車が出るところだよ。乗るかい？」

急いで料金を払い、リクハルドは外で待機していた大型の馬車に乗った。乗合馬車自体がはじめてのリクハルドは、初対面の庶民たちと窮屈《きゅうくつ》な座席にぎゅうぎゅう詰めになる状況に驚いた。しかし旅費を節約したいのだから仕方がない。

リクハルドが空いていた場所に座ると、馬車が動き出す。腰に響く振動に耐えながら、黙って俯いた。

◇

年が明けてすぐ、フェリクスは訪ねてきたソフィと執務室で対面した。

「実家に帰る？　なぜですか」

驚いて思わず立ち上がったフェリクスに、ソフィはいつもの化粧気のない顔で笑う。

「それほど驚くことかしら」

「驚きます」

フェリクスだけでなく、執務室にいたグスタフも唖然としている。彼は戴冠式の警備体制について、決定事項を報告するために来ていた。

「母上、あなたは次期国王の母親、つまり王太后《おうたいごう》になるのです。後宮から王太后の部屋に移るだけで、実家に戻る必要はまったくないのですよ」

「私、旅に出ようと思っているの」

ソフィはふふふ、と微笑んだ。

「もちろん、あなたの戴冠式には出席します。しばらくは喪に服すつもり。でもそのあとは景勝地を旅してまわって、絵を描きたいの。そのために、実家でいろいろと準備をしようかと思って」

ソフィはやはり自由だ。うらやましいほど。

「仕方がないですね。旅に出てもかまいませんが、供《とも》の者は連れて行ってくださいよ」

「あら、一人旅はダメかしら」

「ダメです。というか、無理です」

大貴族の令嬢として大切に育てられ、成人してからは後宮で暮らしていた世間知らずのくせに、なにを言っているのか。

「ああでも、あなたの結婚式はいつにするか決めてあるの？　もし旅に出ていても帰ってくるから」

「結婚はしませんよ。婚約は破棄《はき》します」

あっさりと答えたフェリクスだが、そういえばまだだれにも言っていなかったと気づいた。ソフィとグスタフが驚愕《きょうがく》の表情をしている。

「あら、いつのまにそんなことに？」

「まだティーナには言っていません。近いうちにゼーデルホルム家へ私自身が謝罪に行こうと考えています」

「……本気で破棄するつもりなのね？」

「本気です」

決意は揺るがない。フェリクスの顔をじっと見ていたソフィは、「そう」と頷いた。

「あなたが決めたのなら、私は反対しません。お兄様はきっと激怒するでしょうから、私も一緒に叱られてあげるわ」

「いえ、すべての責任は自分にあります。母上はティーナを慰めてあげてくれますか」

わかったわ、と頷いたソフィの背後で、グスタフが日に焼けた顔を赤くしている。瞬きを忘れたかのように目を見開いてフェリクスを睨み、怒りのあまりか、わなわなと震えていた。予想できていた反応なので、フェリクスは冷静に「グスタフ、どうした？」と聞いた。

「……婚約を、破棄されるのですか……」

唸るような声だった。

「ああ、おまえにもまだ話していなかったな。そうだ、ティーナとは結婚しない。もともとゼーデルホルム家との関係を強固なものにしたかっただけで、ティーナに特別な想いはなかった。俺は愛がどういうものなのか知らなかったのだ。ティーナと結婚することはできない」

「なんてことだ……」

うろたえた声音で、グスタフが天を仰ぐ。

「殿下、お考え直しください。いまや殿下は王太子です。来月には国王にお成りになる。ティーナ嬢は王妃にふさわしいご身分の方です。お世継ぎのためにもぜひこのまま――」

「もう決めたのだ。俺は本当の愛を知った。自分を偽ってまで彼女と結婚する気はない」

きっぱりと言い切ったところで、ソフィが「あらあらまあ」と嬉しそうな声をあげた。

「あなた、本命ができたの？　いつのまにそんな出会いがあったの！」

まるで少女のようにはしゃいだ口調で、相手はどこのだれなのかと聞いてくる。王太子の母として、ここは叱らなければならない場面だろうに。

フェリクスはソフィを、いつも冷静でものごとを達観して見ている人物だと思っていたが、どうやらそうではなかったらしい。

「母上には、近いうちに紹介しようと考えています。ですが、その、驚かないでください」

「私が驚くかもしれないような人なのね。わかりました。覚悟して会いましょう。でも、あなたが本気で愛した人なら、たとえ平民出身の侍女でも、修道院の尼僧《にそう》でも歓迎します。離婚歴のある、私よりも年上の女性でもかまわないわ。あなたが幸せになるなら」

「母上、想像力が豊かですね。そんな過去がある人ではありません」

ただ性別が男であるだけだ。人質兼愛妾として後宮に十年もいた。

「殿下、待ってください、あの方はいけません。世継ぎが産めないではありませんか！」

唾《つば》を飛ばす勢いで声を荒らげたグスタフに、フェリクスは苦笑いした。

「世継ぎ？　ザクリスが置き去りにしていった子がいるだろう。それに従兄弟《いとこ》の子も何人かいる。俺の子でなければならない決まりはない」

「そんな……！」

絶句したグスタフだが、すぐにさっきよりも顔を赤くして目を吊り上げた。

「それはなりません！　殿下は国王にお成りになる。そして次の国王は、殿下のお子でなければなりません！　お考え直しください。まだ正式に婚約破棄をしていないのなら、このまま——」

「俺はもう決めたのだ。わかってくれ」

「わかりません！　殿下は私が唯一の主と認めたお方です。一点の曇りもない覇王《はおう》になっていただかないといけません」

「覇王？　なんだそれは。俺はそんなものを目指していないぞ。父上のように堅実な国政を……」

「そんなに小さなものを目指すのですか。もっと大きな、天を望むほどの頂《いただき》を目指すべきです。殿下にはその素質がある。この私が見出《みいだ》したのです」

「おまえ、父上を小さいと言うのか。おまえは国に仕える騎士だろう。暴言もはなはだしいぞ！」

婚約破棄に動転しているとしても、父親を侮辱《ぶじょく》されてはフェリクスも黙っていられない。

「前言を撤回《てっかい》しろ。俺と母上に膝をついて謝罪しろ！」

「いいえ、謝りません。私はまちがっていないからです。殿下の方がまちがっている。一時の気の迷いで婚約破棄などされてはいけません。殿下は同情を愛情と勘違いなさっている。あんな男のことなど早く忘れてください！　まちがいを正してください！」

はじめて見るグスタフの興奮ぶりに、フェリクスは愕然《がくぜん》とした。

「おまえ、なにを言っているのか、わかっているのか？　この俺に向かってまちがいを正せだと？　おかしいぞ」

「私はなにもおかしくありません。フェリクス殿下への忠誠は、微塵も揺らいでおりませんぞ」

断言するグスタフの目はたしかに真剣で、まっすぐフェリクスを見つめている。つきあいが長いこの男のことを、フェリクスは信頼していた。「救国の王子」と口にするようになったとき、わずかに疑問が浮かんだが、気にしなかった。こんな偏《かたよ》った思考の持ち主だと、知らなかった。

「あなた、フェリクスを自分が思い描く、理想の国王にしたいのね」

ソフィがぽつりとこぼした。その言葉がフェリクスの中にすとんと落ちる。そうだ、グスタフの主張の中に、生身のフェリクスはいない。彼は、ただ理想を語ったにすぎないのだ。グスタフは、名家の令嬢と結婚して子を成し、国土を広げて頂点に君臨する国王がほしいだけで、フェリクスの心がどこにあるかなど考えていないにちがいない。

(俺はいままで、いったいグスタフのなにを見てきたのか――)

激しい脱力感に、フェリクスは目眩を覚える。そこでふと、嫌な予感がした。

「おまえ、リクハルドの家はどこに用意した」

ここまで彼の存在を否定するグスタフが、フェリクスが命じたとおりに住処を用意したとは思えない。

「…………」

「どこに用意したんだ」

グスタフは答えず、視線を逸らした。

「どこだ!」

怒鳴りつけると、グスタフはひとつ息をついた。そして仕方なさそうに、「どこにもありません」と吐き出すように言った。

目の前が一瞬、暗くなった。ぐらりと体が倒れそうになり、執務机に手をつく。

後宮にいた愛妾たちの退居期限は、もう過ぎている。期限の日に、すべての愛妾が出て行ったと報告を受けた。

リクハルドは、いまどこにいるのか。

「おまえは……」

愕然とグスタフを見た。

「俺の命令に従わなかったんだな。俺は彼のために住処を用意しろと言った。何度も念を押した。そのたびに、おまえは準備はできていると返答した。俺に嘘をついていたのか！」

猛烈な怒りが吹き出した。執務机を回りこみ、グスタフの前に立つ。腰に佩いた剣へと右手が動く。それを見て、グスタフがさすがに青くなった。

「俺がおまえに託したリクハルド宛ての手紙はどうした。毎回渡したんだろうな」

いいえ、とグスタフが首を左右に振る。

体中から力が抜けていきそうだった。

「まさか……おまえが、まさか俺の命に背くとは、思ってもいなかった……。剣の師であり、もっとも信頼する臣下でもあった。俺のすべてを理解してくれていると思っていたのに……！」

剣をぐっと握りしめる。そのまま抜いてしまいそうになる激情をこらえ、フェリクスは奥歯を噛みしめた。

「おまえを叩き斬ってしまいたい」

「殿下……」

「俺の信頼を裏切った。おまえは俺の心を踏みにじったんだ」

ここで剣を抜くことはできない。

言い争いの末に、衝動的に腹心の近衛騎士団長を執務室内で殺すなど、戴冠式を控えた王太子でも許されることではないだろう。

「グスタフ、ただですむと思うなよ」

フェリクスは深呼吸をくりかえし、なんとか自分を落ち着けようと努めた。

「おまえの処分は、戴冠式を終えるまでは保留とする。いま近衛騎士団長を交代させては混乱を招くからな」

グスタフは悄然と肩を落とした。

窓の外を見た。国葬の日から小雪が降り続けている外は、凍《い》てつくような寒さだ。まさか、この中を、彼は国に帰ったというのか。

「リクハルドはいつ後宮を出たのだ。国から迎えが来たのか」

それならばまだいい。しかしグスタフはそれを否定した。

「……ゲルダの話では、迎えは来ていません。あの国はクラエス国王の弔問《ちょうもん》にも来ていませんでした。リクハルド殿は金を受け取り、ひとりで去って行ったということです」

なんてことだ。十二歳から後宮に閉じこめられていたリクハルドが、たったひとりで故郷に向かったのか。無事にたどり着けるとは思えない。

「男性なのね」

フェリクスが振り返ると、すこし呆然とした表情ながらも、ソフィの顔に負の感情はなかった。

「たしかに驚いたわ」

「母上……」

「あなた、男色も嗜《たしな》むとは聞いていたけど」

「……すみません」

「謝ることはないわ。それで、どうするの、これから」

「探しに行きます」

フェリクスは「お待ちください」と制止するグスタフを押しのけ、隣室に控えている文官に声をかけた。今日の執務は終了すること、数日間留守にするかもしれないことを。

「殿下、お待ちください！」

「うるさい！　おまえが止めるな！」

揉みあっているところに、訪ねてくる者がいた。女官長ゲルダだった。

彼女は執務室内にソフィがいることに驚き、日を改めようと退室しそうになったが、フェリクスが引き留めた。ゲルダが油紙で包まれた四角いものを持っていたからだ。

その形状は、フェリクスがリクハルドに与えた四号のキャンバスにしか見えなかった。

「それはなんだ」

「かの者が、殿下にと……」

ひったくるようにそれを受け取り、きつく縛《しば》ってあった紐をナイフで切った。油紙を剝がすと——そこには自分がいた。

優しく微笑むフェリクスが、暖かい色使いで丁寧に描かれている。横から覗きこんできたソフィが「あら素敵」と感嘆した。

「きれいな色ね。あなたったら、好きな人には、こんな甘い笑顔を見せるの。……制作者の愛が伝わってくるような絵だわ。愛されているのね」

しみじみとソフィに呟かれ、フェリクスは目が潤みそうになった。

たびたび書いていた手紙は彼に届いていなかった。後宮を出た後の生活を保障すると約束しておきながら、シルヴィアの手紙が発見された夜に会ったあと、なんの連絡もなかったことになる。

どれほど落胆《らくたん》しただろう。どれほど寂しかっただろう。利用されて騙されたと思いながらも、リクハルドはこの絵を描きつづけ、完成させたのか。

こんなに美しい色と筆致《ひっち》で。

「あの方が、わたくしに預けていかれました。不要なら燃やしてほしいと言われたのですが、わたくしが勝手に処分するのは、やはりいけないことと思い――」

ゲルダはその場に膝をつき、深々と頭を下げた。

「申し訳ございませんでした。近衛騎士団長に命じられたとはいえ、殿下のお気持ちに背くことなど、あってはなりません。覚悟はできております。どうか罰してください」

グスタフの意向に従い、ゲルダは動いていた。リクハルドが黙って後宮を去るように仕向けたのだろう。けれど良心の呵責《かしゃく》に耐えかねて、絵を携《たずさ》え、懺悔《ざんげ》するためにここに来た。

グスタフはなにも言わずに立ち尽くし、呆然とゲルダを見下ろしている。

グスタフとゲルダへの憤怒《ふんぬ》はそう簡単には鎮《しず》まりそうにないが、いまはそれどころではない。

「女官長への処分も後回しだ。俺はリクハルドを探しに行く」

フェリクスは執務室を飛び出した。

◇

リクハルドは宿の二階の窓から、ぼんやりと外を眺めていた。

雪が降っている。もう三日も降り続いている雪は、街道を行き来する物流にかなりの影響を与えていた。

リクハルドが頼りにしていた乗合馬車は、悪天候のせいでたびたび運休した。後宮を出てから七日がたっていたが、リクハルドはまだ王都からさほど離れていない街にいる。

「困ったな……。宿代がかさむばかりだ」

リクハルドは豪華な装飾がほどこされた客室内を見回し、ため息をついた。

旅費を節約したくて乗合馬車を選択したのに、これでは宿代でなくなってしまいかねない。

できるだけ安い宿を利用したいのに、リクハルドが後宮から出てきた隣国の王族だと知ると、どこも泊めてくれないのだ。身分を隠していても、なぜだか話をしているうちにばれてしまう。

何軒も回って、結局いつも泊めてくれるのはそこそこ高級な宿で、宿泊費は安くなかった。

乗合馬車が運休しても移動したいなら、個人で馬車と御者《ぎょしゃ》を用意しなければならない。組合の窓口に申し込めばいいと聞いたが、かなりの料金がかかりそうなので、悩むところだ。

ふと、窓の外が騒がしくなっていることに気づいた。すぐ下の通りを、何人かの騎士が歩いている。彼らは通り沿いの宿を訪ねて回っているようだ。

「なんだろう?」

なにか事件でも起こったのだろうか、と首を捻っていると、部屋の扉がドンドンと乱暴に叩かれた。

慌てて開くと、宿の主人が焦った顔で立っている。浅黒い顔に汗をかいていた。

「あんた、たしかヴィルタネンとかいう姓だったな。後宮から出て来たっていう――」

「はい、そうです」

「近衛騎士が来ている。あんたを探しているそうだ」

近衛騎士がなぜ自分を？　理由がわからなくて主人に詳細《しょうさい》を聞こうとしたときだった。

「リクハルド、見つけた」

廊下の端から、忘れたくとも忘れられない人の声が聞こえた。白い騎士服の上に、揃いのマントを羽織った長身の男が、大股で近づいてくる。

硬直している宿の主人を押しのけ、騎士は――いやフェリクスは碧い瞳でリクハルドを見下ろしてきた。

「……うそ……殿下……？」

驚きのあまり立ち尽くしているリクハルドを、いきなり抱きしめてくる。

「よかった。見つかって」

フェリクスの騎士服からは、雪の匂いと冷気を感じた。衣服越しなのに、フェリクスの心臓が早鐘のように鳴っているのが伝わってくる。

「方々を探し回った。まだこんなに近くの街にいたのだな。あなたを足止めしてくれた雪に感謝しなければならない」

フェリクスは、雪の中、こんな小さな街まで探しに来てくれたのか。

「すまない、辛い思いをさせた。王都に戻ってきてくれ。私のそばにいてほしい」

にわかには信じられない言葉を囁かれ、リクハルドは混乱した。

「え、でも、私はもう、用済みで……会いに来ないと伝言が――」

「ちがう。私はそんなことを言付《ことづ》けていない。私は何通もあなたに手紙を書いた。けれど届かなかったのだ。無理にでも会いに行けばよかった。そうすれば、あなたはこんなところでひとり……」

言葉を詰まらせ、フェリクスがぎゅっと痛いほどに抱きしめてくる。

「愛している」

絞《しぼ》り出《だ》すような声だった。

「愛しているんだ。あなただけを愛している。信じてほしい」

「殿下……」

真摯な響きが胸を震わせる。信じたい。ここまで来てくれたフェリクスの真心を。

いまここでリクハルドを引き留めても、フェリクスにはなにも益《えき》がないのだ。

けれど――。

「私だけ……？　でも殿下はもうすぐ結婚するのでは？」

「ティーナとの婚約は解消するつもりだ。私は彼女と結婚しない」

驚愕してフェリクスを見上げれば、真剣な目をしている。強い意志が見えた。

「そんなこと、許されるのですか？」

「許すも許さないも、私はもうそう決めた。後宮にも無駄に何十人も愛妾を集める気はない。すでにそう通達してある。私には、あなただけだ」

「え……」

「あなたが後宮に戻りたくないのなら、王都内に屋敷を用意しよう。住み心地がよさそうな家を、私が選ぶ。有能な家令と、腕のいい料理人を探そう。警備だけは厳重にさせてくれ。少し窮屈に感じるかもしれないが、私がたびたび通うことになるだろうから」

いきなりいくつもの事柄を告げられて、すぐには飲みこめない。

「その、つまり、どういうことですか」

「あなたを愛しているということだ。あなたがいつでも会いに行ける場所にいてくれるなら、私はこのうえなく幸せな男になれるだろう」

フェリクスは笑顔になった。リクハルドが大好きな、光輝く笑顔。あの小さなキャンバスに描いたフェリクスの顔だった。

リクハルドは両手をフェリクスの背中に回した。ぎゅっと抱き返し、フェリクスが確かにここにいることを実感する。

「本当に、私を？」

「本当だ。あなただけがほしい」

さらにきつく抱きしめられ、その痛みにもリクハルドは陶然とした。

「女官長から、あなたが描いた私の肖像画を受け取った。とてもいい絵だった」

「見てくれたのですか」

「母上も褒めていたぞ」

「ソフィ様が？」

恥ずかしいです、とリクハルドが目を伏せると、フェリクスが笑いながら頬にくちづけてきた。優しい感触に、胸がいっぱいになる。

「リクハルド」

唇にくちづけを求められて、受け入れた。重ねた唇と、絡めた舌からフェリクスの想いが流れこんでくる。

「ああ、殿下……」

「リクハルド、愛している」

「私も、愛しています」

「……ありがとう」

フェリクスの目尻に涙が光った。ゆっくりと姿勢を変え、フェリクスがリクハルドの前に膝をついた。右手の甲にくちづけをしてくれる。

「かならず、あなたを幸せにする。どんなことからも、あなたを守ると誓おう」

「殿下」

「いっしょに王都へ戻ってくれるか?」

「……はい」

信じられる。信じよう。この人に、どこまでもついていきたい。

リクハルドはフェリクスを見下ろし、静かに喜びの涙を流した。

後宮に咲く
相愛の花
koukyūni saku
souaino hana

「ヴィルタネン殿、王都に入りました」

馬車と併走《へいそう》していた近衛《このえ》騎士に外からそう告げられ、リクハルドはハッと顔を上げた。

窓から景色を見てみると、たしかに十日ほど前、王都から出ていくときに歩いた大通りを逆走している。

道端の庶民たちはリクハルドが乗った馬車を見つけると脇に避けて頭《こうべ》を垂《た》れた。すれ違った馬車の御者《ぎょしゃ》も頭を下げていく。リクハルドはあらためて、自分がいま乗っている馬車には王家の紋章が掲《かか》げられていることを実感した。馬車自体は貴族が使用する一般的なものだが、王家の紋章が刺繍《ししゅう》された旗が御者の横に立てられていて、王族、あるいはその関係者が乗っていることを表しているのだ。

（いよいよ、王城へ戻るんだ……）

緊張してきて、心臓がどきどきする。期待と恐れが混じり合った、複雑な気持ちだった。みずからリクハルドを探しに来てくれたフェリクスを信じて、王城に戻ることを決意した。けれどそれでよかったのだろうか。

フェリクスの気持ちを疑ってはいないが、彼はもうすぐ戴冠《たいかん》して国王になる王太子だ。未婚で子供がいないフェリクスが男のリクハルドだけを愛妾《あいしょう》にして、はたして周囲の者たちは納得するのだろうか。

馬車の中はリクハルドひとりきり。フェリクスはこの馬車をリクハルドのために用意すると、

「あなたの受け入れ態勢を整えてくる」と言って先に王都に戻ってしまった。リクハルドは護衛の近衛騎士とともに三日かけて帰ってきたところだ。貴族用の馬車は、庶民が利用する安い乗合馬車とはくらべようもないほど乗り心地がよく、つい物思いにふけってしまう。余計なことをあれこれと考えてしまうのだ。

そのうち馬車は王城を囲む水堀の跳ね橋を渡った。高い尖塔《せんとう》がある白い石造りの王城を迂回《うかい》し、馬車は敷地内をどこかへ進んでいく。かつて後宮があった裏側へ行くわけではないようだ。

そのうちゆっくりと停車した。馬車の扉が外からコツコツと叩かれる。内鍵《うちかぎ》を外すと、外から扉が開いた。思いがけず、そこにはフェリクスが立っていた。嬉しくて笑みがこぼれる。

「リクハルド、よく帰ってきてくれたな」

「殿下」

笑顔のフェリクスが手を差し伸べてくる。リクハルドは縋《すが》るように、その手を握った。道中の心細さを察してくれたのか、フェリクスは力強くぎゅっと手を握りかえしてくれた。

「天候はそれほど荒れなかったようだが、疲れただろう」

「いいえ、殿下が用意してくださった馬車はとても乗り心地がよくて、ぜんぜん疲れませんでした」

「そうか、それはよかった」

「殿下にお会いすることができて嬉しいです」

「私も嬉しい」

フェリクスは肩を抱きよせてきて、「本当に嬉しい」とくりかえした。

「さあ、今日からあなたが住む離宮を案内しよう」

馬車から降りると、瀟洒《しょうしゃ》な建物の前だった。黄色みがかった石で造られた二階建てで、手入れされた庭に囲まれている。あいにくと季節が冬なので庭に花はないがリクハルドは植物にはすこし詳《くわ》しいので、植えられた樹木や蔓《つる》を見ればば春になればさまざまな花が咲き誇《ほこ》るだろうと予想できた。

「ここは?」

「私の祖母、つまり前王太后《おうたいごう》が晩年に暮らしていた離宮だ。黄水宮《おうすいきゅう》と呼ばれている」

「黄水宮……。前王太后がお住まいだったところですか」

「そうだ」

手を引かれ、リクハルドは建物の中に入った。前王太后が亡くなってからずいぶんたっているはずだが、内部はとてもきれいだ。廊下に敷かれた絨毯《じゅうたん》も、カーテンも色鮮やかで新品のように見える。

応接室、食堂、居間、そして寝室。家具はもともと置かれていたような年代物だったが、掃除は行き届き、布製品は新しい。

「あなたには今日からここで暮らしてもらう」

「私が？　ここに？」

そんな恐れ多い、と続けようとしたリクハルドの口を塞《ふさ》ぐように、フェリクスの指がぴたりと当てられた。フェリクスが真顔で見つめてくる。

「あなたは私の最愛の人だ。同性のため正式には結婚できないが、王妃待遇《たいぐう》で迎えるつもりでいる。この離宮にふさわしい人物だ」

「殿下……」

リクハルドは呆然《ぼうぜん》と立ち尽くし、なにも言えなくなる。

「だが、ここは仮の住まいだ。後宮の建物を全面改装する予定でいる。もう百人もの愛妾が暮らす建物などいらない。改装が終わったら、あなたはそこに移る。何人かの愛妾が暮らせる規模にはなるだろうが、私の代ではリクハルドだけが住人だ。人質の生活場所は後宮と離れた場所に新設するつもりだ」

そこまで考えているフェリクスに、リクハルドは驚いた。

「本当に、私がここで暮らしてもいいのでしょうか？」

「そのために用意させた。かなり無茶を言ったから、女官たちには報奨《ほうしょう》をはずまなければならないが」

フェリクスはリクハルドの手を引いて、さらに離宮の中を案内してくれる。ひとりで暮らすには広すぎた。世話をしてくれる女官たちがいるとしても、どこでなにをして過ごせばいいかわからない。

「あの、贅沢《ぜいたく》すぎませんか？」

「広すぎて持て余しそうか？　まあ、いきなりここでひとりで暮らせと言われても困るだろうから、同居人を用意した」

同居人？　と首を傾《かし》げたリクハルドは、日当たりのいい一室に連れていかれた。大きな窓から冬の陽光がたっぷりと差しこむ部屋は、床が石張りで鉢植えの植物がたくさん置かれている。半分温室のような造りの部屋だった。そこに木製のイーゼルを立て、キャンバスに絵筆を走らせている女性がいた。振り返った顔を見て、リクハルドは驚愕《きょうがく》する。直接、言葉を交わしたことはないが、公式行事で姿を見かけたことは何度もあった。

「ソフィ様」

慌てて床に膝をつこうとしたリクハルドを、フェリクスが制した。

「リクハルド、そこまでしなくていい。あなたは王妃待遇になると言っただろう」

「ですが」

「あなたがリクハルドですか。はじめまして、私はフェリクスの母、ソフィです」

にっこりと優しく微笑《ほほえ》んでくれたソフィに、リクハルドは動揺しながらも挨拶《あいさつ》する。

「はじめてお目にかかります。リクハルド・ヴィルタネンと申します」

「息子の要請《ようせい》で、私もしばらくここで暮らすことになりました。仲良くしましょうね」

「ソフィ様と……？」

「母は気さくな人だ。肩肘《かたひじ》張らずに、友人のような関係で過ごすといい」

フェリクスはさらりと無茶なことを言う。

ソフィは前国王の第二側妃だっただけでなく、国内最有力貴族のひとつゼーデルホルム家の出身で、現当主の妹になる。現在は王太子の母であり、数ヵ月後には王太后になる女性だ。リクハルド自身、小国の王族ではあるが、このアルキオ王国とはすべての規模がちがう。身分の差がありすぎて、とてもではないが友人のように接することなどできないそうにない。

そこでリクハルドは重要なことに気づいた。ソフィはすでに四十代だが、まだじゅうぶんに若く美しい。

「私は男です。女性であるソフィ様と二人暮らしは問題があるのではないですか？」

「母と浮気をするつもりなのか」

フェリクスが眉《まゆ》をひそめて責めてくるのに、「まさか！」と全力で否定した。すぐにフェリクスは破顔し、「冗談だ」と背中を軽く叩いてきた。

「ここには女官もいるし護衛の近衛騎士もいるから絶対に二人きりにはならない。あなたのことだからそうしたまちがいは絶対に起こり得ないだろうし、悪い噂《うわさ》など立たないようにするから大丈夫だ」

きっぱりと言い切ってもらえて、リクハルドは困惑しながらも頷くしかなかった。

「わかりました……。でも本当に、私がこのようなところに住んでもいいのかと戸惑います」

「後宮の改装が終わるまで王都内のどこかに住まいを用意してもよかったのだが、それだと私が通いにくくなってしまう。できるだけ近くにあなたを置いておきたいという、私のわがままだ。できれば聞いてほしい」

「殿下……」

フェリクスの碧《あお》い瞳がじっとリクハルドを見つめてきた。

「リクハルド」

握られた手から伝わるぬくもりが、不意に心臓まで到達したようだった。ドキドキと覚えのある衝動に反応しはじめる。

三日前、再会した街ではくちづけしかしていない。フェリクスの固い腕に抱かれたときの感触が、全身によみがえってくる。一度だけフェリクスを受け入れた場所が、疼《うず》いたような気がした。ここに住めばフェリクスが通ってきてくれる——。そんな嬉しいことを言われたら、ここにいるしかない。

「見つめあうのはけっこうですけど、私がいるのを忘れないでね」

ソフィの声に、リクハルドは我に返った。フェリクスは口を歪《ゆが》め、不満そうにソフィを睨《にら》む。

「いいところだったのに邪魔しないでください」

「息子が恋人とべたべたしているところなんて、見たいと思う母親はいないわ。あなた、忙しいんじゃないの？　あまりのんびりしていると、だれかが呼びに来るわよ」

　仕方がなさそうにフェリクスはリクハルドの手を離した。

「そろそろ執務に戻らなければならない。リクハルド、私は戴冠式を控《ひか》えて多忙だ。なかなかここに来られないと思うが、待っていてくれ」

「はい、待っています」

　去り際、触れるだけのくちづけをして、フェリクスは離宮を出て行った。やっと会えたのに寂しい。けれどフェリクスが多忙なのは本当だろうから、無理は言えなかった。

　それに、いままでのことを考えたら、会おうと思えば会える関係でいられるのはしあわせだった。

「あなたのことは、リクハルドと呼んでいいのかしら」

　ソフィに尋ねられて、「はい」と頷いた。

「まずお茶でも飲みましょうか。それでここでの生活についてすりあわせをしましょう。そのあとは、好きなことをして過ごすの」

　ソフィは女官を呼び、お茶の用意を頼んだ。後宮での十年間、リクハルドは自分のことは自分でしてきた。しかしこれからは、リクハルドも女官を上手《じょうず》に使わなければならないのだろう。ソフィの立ち居振る舞いを見て学ぼうと思った。

「あなたも絵を描くのでしょう？　フェリクスの肖像画を見たわ。とても上手だった」

「ありがとうございます」

想いをこめた絵を褒《ほ》められて嬉しく、ちょっとだけ恥ずかしい。

「ここであなたも絵を描くといいわ。画材ならたくさん用意してあるから」

それは胸躍《おど》る提案だ。なにを描こう。外は寒いので室内のものになるが、素晴らしい意匠《いしょう》の花瓶《かびん》や家具があるので描いてみたい。それにもう隠れてフェリクスを描く必要はないのだ。

「あの、できればソフィ様に基礎《きそ》から教えていただきたいです。すべて我流なので」

「いいわよ。私のはじめての教え子というわけね」

ソフィはふふっと笑い、お茶の用意がされたテーブルへと促《うなが》してきた。

「息子が人質として後宮にいた男性を愛妾にしたいと言い出したときは驚いたけれど——さっきの様子からもメロメロなのがわかるから、反対はできないわね。もともと私は息子が選んだ人なら、ティーナ以外の人を選んでも受け入れようと決めていたの。母親として、私だけはなにがあっても味方になってあげたいと思って」

ソフィ自身は王家と実家の双方に望まれて、十七歳で後宮に入ったと聞く。前国王とのあいだに、すこしでも愛はあったのだろうか。亡くなる直前まで、前国王は第一側妃のシルヴィアを愛していた。

「私ね、風景を描くのが好きなの」

「存じています」

「自由気ままに各地を旅して、心が動かされた景色をキャンバスに写し取っていくのが夢」

「素晴らしい夢ですね」

「でも息子は一人旅なんて許可できないって言うのよ」

「それは、仕方がないと思います」

大貴族の令嬢で大国の国王の側妃だったのに、ソフィはフェリクスが言っていたとおり気さくで話しやすい女性だった。この人となら暮らしていけるかもしれない、とリクハルドは安堵《あんど》した。

◇

フェリクスは多忙を極めていた。

つぎからつぎへとやらなければならないことが湧いて出てくる。父王が長く寝ついていたせいで部分的に執務が滞っていたこともあるだろう。国王の臨時代理として一部の執務を担《にな》ってくれていたのは、王弟のアードルフだ。

彼は国務長官でもあり、その堅実《けんじつ》な働きぶりを前国王は高く評価していた。しかし側妃シルヴィアと情を交わしていたことが発覚し、無期限の謹慎《きんしん》を命じられていた。

そのアードルフに、フェリクスは復帰を許した。アードルフの能力が惜《お》しかったからだ。

不貞を働いたからといって、フェリクス自身は叔父に負の感情はない。むしろ目障《めざわ》りだったシルヴィアを追放する理由をつくってくれて、ありがたいと感謝するくらいだった。

念のため、アードルフがシルヴィアと共謀《きょうぼう》して後宮の予算を浪費していなかったか、出入りの業者に便宜《べんぎ》をはかったり後宮人事に口をきく報酬《ほうしゅう》として賄賂《わいろ》を受け取ったりしていなかったか調査させた。その結果、アードルフはシルヴィアと共謀するどころか、浪費や収賄を諫《いさ》めていたことが確認されたのだ。

職務に復帰したアードルフは、その経験値で若輩《じゃくはい》のフェリクスをよく助けてくれている。成人後から財務省で税については学んでいたフェリクスだが、国政全般においてまだまだわからないことが山ほどあった。貪欲《どんよく》に知識を吸収していきたいと思っている。

国民のために善政を敷きたいというフェリクスの志《こころざし》を、アードルフをはじめ重臣や官僚たちは若さゆえの理想論だと笑うことはなかった。十代のころからフェリクスがことあるごとにそう口にしていたのを、彼らは知っていたからだ。

さらにフェリクスは、リクハルドのためにもよりよい国王にならなければと決意していた。

「私は生涯、結婚しないと決めた。女の愛妾も持たない。私が後宮に置いて愛《め》でるのは、リクハルド・ヴィルタネンだけだ」

大臣たちを集めた会議でそう宣言した。アードルフと数人の親しい大臣には事前に事情を話してあったが半数ほどは初耳だったせいで、その場は荒れた。

「それは何者ですか。ヴィルタネン？　もしかして北の小国の王子ですか」

「一時の気の迷いです。いまその者への寵愛《ちょうあい》が深くとも月日とともに薄れることもありましょう。結婚しないと決めつけるのはいかがなものかと」

「そうですぞ。それに公式行事のときはどうなさるおつもりですか。王妃の座が空席ですと、なにかと不都合が起こると思います」

「周辺諸国になんと思われるか……」

あちらこちらから上がる声に、フェリクスはひとつひとつ真摯《しんし》に答えていった。

「公式の場にはリクハルドを伴《ともな》うつもりだ。周辺諸国にも隠す必要はない。堂々としていたい」

「なにを世迷《よま》い言《ごと》をおっしゃるのか。殿下は男色家ではなかったはずでは？」

「たしかに私は男色家ではないが、両刀ではある。リクハルドはヴィルタネン王国の前王太子だ。現国王の従弟《いとこ》にあたる。そなたたちが一時の気の迷いと思いたいのはわかるが、結婚しないと公言することによってリクハルドを安心させたいという想いがある。わかってほしい」

「後宮に住んでいた人質と、どうやって知り合われたのですか。まさか無断で忍んでいったのでは？」

その指摘には、フェリクスは一瞬黙った。大臣たちがフェリクスの弁明を待っている。

「そうだな……その点については、自分の非を認める。私は父がまだご存命のときに、後宮へ忍んでいき、リクハルドと知り合った」

なんですと、と大臣たちが驚愕の表情をした。

「けれどそれには事情があった。シルヴィア殿が後宮の予算を我がものにしていると聞いて、実情を調べに行ったのだ」

フェリクスはシルヴィアを追い落とすためにリクハルドを利用しようとしていたとは言わず、あくまでも財務省の人間として疑惑を調査したかったと説明した。

「その結果、疑惑は事実だった。リクハルドの部屋には老朽化《ろうきゅうか》した寝台と一人用のテーブルしかなく、カーテンはボロボロで絨毯はすり切れ、柄《がら》がわからないほどだった。晩秋だというのに薪《まき》は届いておらず、室内はとても寒かった。リクハルドは十年前に故郷を出てくるとき、母親が持たせてくれたという膝掛けを大切に使っていた」

悲痛な面持《おもも》ちでそう語ったフェリクスは、大臣向けの演技ではなく本当に胸が痛んでいた。

「彼は十二歳で人質として後宮に入った。それから十年間、そんな生活を強《し》いられていたのだ。肉親から離され、学ぶ機会も奪われて。それなのにだれを恨《うら》むことなく、淡々とおのれの境遇を受け入れて生きていた」

「殿下、それは同情ではないのですか」

「最初は同情だったのだと思う。けれど彼の汚《けが》れない内面に触れるにつけ、どんどん惹《ひ》かれていった。いまでは真実の愛を彼に捧《ささ》げている」

「後継ぎはどうなさるおつもりですか」

「ザクリスが残していった子供たちはどうかと考えている」

フェリクスは立ち上がり、大臣たちをゆっくり見渡した。

「どうか、彼だけを寵愛することを許してほしい。そのかわり、私は死ぬまで国のため、民のために働こう。ザクリスの子供たちへの教育も責任をもって行う。私は生涯、結婚しない、子供をつくらないと決めた。すまない」

臣下《しんか》へ静かに頭を下げた王太子の心からの謝罪に、大臣たちは静まりかえる。

「殿下、お顔をお上げください。王太子ともあろうお方が、臣下にたいしてそう簡単に頭を下げるものではありません」

アードルフが席を立ち、フェリクスに歩み寄ってきた。そっと肩を押されて、フェリクスは椅子に戻る。

「大臣方、なかなか納得できる話ではないでしょうが、いまは戴冠式の準備を整え、無事に終えることが大切です」

冷静なアードルフの言葉に、呆然としていた大臣たちが我に返ったように頷く。

「殿下は後宮を大改革するつもりです。百人もの愛妾が暮らす大規模な後宮は必要ありません。前国王も無駄だとこぼされていたことがあります。けれど代々の国王がそのまま引き継いできた後宮の規模を縮小することはなさらなかった。しかしフェリクス殿下はそこに着手しようとなさっている。愛する人のために、そして財務省で税の流れを学んだことから、無駄を省くために。素晴らしい勇気だと思いませんか」

アードルフは後宮の規模を縮小すればかなりの経費が浮くこと、今後は人質の生活向上のために別予算を立て、交流もはかるつもりであることを話してくれた。

後宮が金食い虫だったことは周知の事実だ。愛妾がリクハルドたった一人ならば、たいした予算は必要ない。女性とちがい、それほど衣装や宝飾品もほしがらないだろう、とつけ加えられて大臣たちは愁眉《しゅうび》を開いた。

とりあえず大臣たちはリクハルドについて表立って反対をせず、「様子を見る」という態度に落ち着いた。

「ありがとう、叔父上」

こっそり礼を言ったフェリクスに、アードルフは笑った。

「頭の固い大臣たちには、真実の愛を説《と》くより、わかりやすく予算の話をした方がいいのではと思っていました。当たっていたようです。今後も女性だから男性だからというわけではなく、ヴィルタネン殿が贅沢な生活を好んでいないことは折に触れ、話題にしていった方がいいと思います」

さすがアードルフは王宮内における政治に長《た》けている。フェリクスは叔父の助言をありがたく受け取った。

その後しばらくして、二人きりになった機会に、フェリクスはアードルフにシルヴィアとのことを尋ねた。

「最初は好奇心と、対抗心でした」

もう五十歳になった叔父は、どこか遠くを見ながら答えた。

「私は子供のころから、なにごともそつなくこなす優秀な兄に対抗心がありました。大人になってもそれは変わらず、賢王として称賛される兄をひそかに妬《ねた》んでいました。そこに兄が寵愛している側妃から言い寄られ、寝取ってやろうという悪い気持ちで応じたのです。愛はありませんでした。おそらくシルヴィアにもなかったと思います。後宮生活は退屈だとこぼしていたので、ただの火遊びのつもりだったのでしょう」

けれど——とアードルフは続ける。

「たびたび会っていると、情というものは生まれてしまうものです。いつしか二人とも本気になっていました。私は兄に知られたら大変なことになると、そこでやっと気づきました。何度も別れ話をしましたが、シルヴィアは拒《こば》みました。結局、何年もずるずると続いてしまい……」

あとはご存じのとおりです、と苦笑いした。

「妻を苦しめてしまいました。申し訳ないと思っています」

もう二度と浮気はしません、とアードルフは自分自身へ言い聞かせるように呟いたあと、フェリクスに臣下の礼をした。

「民が讃《たた》えるとおり、兄は賢王でした。私に対しても信頼を向け、国政の一部を任せてくださっていました。それなのに私は幼稚な嫉妬心《しっとしん》から兄を裏切り、死の間際に苦悩させてしまいました。悔《く》いています。兄への懺悔《ざんげ》と、国政への復帰を許してくださった王太子殿下への感謝をこめて、国務長官として精一杯働く所存です」

アードルフの言葉に嘘はないと感じた。

フェリクスは彼の手を取り、忠誠の誓《ちか》いに礼を言った。

「ありがとう。叔父上、あなたには期待している。経験不足の私を導いていってもらいたい。力を合わせて、この国をよりよくしていこう」

はい、と力強く頷いたアードルフに、フェリクスは微笑みかけた。

「殿下、あなたは変わられました。ずいぶんと柔軟《じゅうなん》におなりです。とてもよいことだと思います。以前から国のため民のためにと口にはされていましたが、四角四面に物事を捉《とら》えすぎていて、融通《ゆうずう》がきかないところが――失礼しました」

「いや、いい。叔父上の言うとおりだ。自分でもそう思うからな。私を変えてくれたのはリクハルドの存在だ。彼との将来を考えたとき、どうすればいいか散々悩んだし挫折《ざせつ》も味わった」

「近衛騎士団長と女官長のことですか」

フェリクスはあえて無言でいた。それが答えだ。

近衛騎士団長グスタフと女官長ゲルダは、フェリクスの命に逆らい、リクハルドを王都から追い出した。フェリクスは彼らを許さなかった。グスタフはまだその役職に就いているが、戴冠式が終わったあとに退職することが決定している。

　ゲルダはすでに退職し、王都のどこかに身を潜《ひそ》めるように暮らしているはずだ。二人は戴冠式が終わったら落ち合い、グスタフの故郷へ旅立つことになっていると聞いている。

　その経緯《けいい》を、フェリクスはアードルフには話してあった。

　フェリクスの剣の師であり、長年信頼を置いていた臣下だったグスタフが突然辞職すれば、おそらくだれもが驚く。そのとき周囲を抑えて、客観的に事情を話してくれる者が必要だったのだ。

「殿下がそれほどまでに惹かれた方に、いつかお会いしてお話ができたらと思います」

「まあ、そのうちな」

　とうぶんはリクハルドをだれにも会わせるつもりはない。彼の気を引いて取り入ろうとする輩《やから》ばかりだろうし、リクハルドを混乱させたくなかった。

　いまリクハルドは黄水宮で毎日楽しそうに過ごしている。好きなだけ画材を使って絵を描き、好きなだけ読書をしているらしい。ソフィにはそれを見守ってもらっている。

　生活がもう少し落ち着いてきたら、王妃教育をはじめることになっていた。

　十年間、学問から遠ざかっていたリクハルドだが学ぶことに意欲的なので、なにかの分野に興味を示したら、そちらの教師も手配しようと思っている。

　リクハルドのことを思うと心が温かくなっていくのがわかる。それと同時に、いますぐにでも黄水宮へ駆けていって抱きしめたい衝動にも駆られる。

フェリクスは多忙ではあったが、深夜までは働いていない。毎晩は無理でも、数日に一度は黄水宮へ忍んでいっていた。離宮を守る近衛騎士たちには、フェリクスが何時に訪れようとも通すように命じてあった。

深夜、天蓋《てんがい》つきの豪奢《ごうしゃ》な寝台の中で、柔らかな寝具に包まれて眠っているリクハルドを見つけると、フェリクスはホッとする。

暖炉《だんろ》には赤々と薪が燃えていて、寝室は暖かい。室内なのに吐く息が白いほど寒かったあの後宮の部屋とはちがう。リクハルドは薄い寝具の中で縮《ちぢ》こまり寒さに凍《こご》えることはなく、保温性が優れた寝台の中で手足を伸ばし、健《すこ》やかに寝息をたてていた。

フェリクスが白金の髪をそっとかき上げると、白い瞼《まぶた》が震えながら開いた。紫色の瞳がフェリクスを見つけ、うれしそうに輝く。

「殿下、いらっしゃっていたのですか」

「いま来たところだ。私も入れてくれるか？」

どうぞ、とリクハルドが促してくれる。フェリクスは手早く服を脱いで下着だけになると、リクハルドの横に潜《もぐ》りこんだ。リクハルドの体温で適度に温まっていた寝具は心地いい。一日の疲れが溶けていくようだった。

「殿下の手足が冷たいです。私が温めましょう」

半分寝ぼけながら、リクハルドがフェリクスの体に両腕を回し、足に足を絡めてくる。体が密着すれば、当然、若い体は反応してしまうもので。

フェリクスは欲望に素直に従った。

「リクハルド」

ふんわりと笑みのかたちになっている唇にくちづけた。何度もついばむように音を立てて吸いつくと、リクハルドが嬉しそうにくすくすと笑う。可愛《かわい》い。唇をぴったりと合わせ、舌を絡めた。くちづけに夢中になっているリクハルドの寝間着のボタンを静かに外す。

「あ、えっ？」

半分寝ぼけていたリクハルドには、いつの間にか胸を露《あら》わにされて、そこにフェリクスがいきなり吸いついたように思えただろう。

「んっ、あんっ」

すぐに尖《とが》ってきた小さな胸の飾りを執拗《しつよう》に舐《な》める。舌で右に左に嬲《なぶ》るようにして、その固さを味わった。もう片方の乳首《ちくび》は指で弄《いじ》る。指先で摘《つ》まんだり指の腹で押し潰《つぶ》すようにしたりして、リクハルドの口から嬌声《きょうせい》をこぼれさせた。

「ああ、いや、そんな、あうっ」

「いやなのか？　ここを、こうされるのが？」

「ひいっ」

乳首に軽く歯を立てた。リクハルドが背筋をのけ反らせ、声もなく震えている。

リクハルドの下肢《かし》に手を伸ばすと、もうすっかり性器は勃ちあがっていて、下着が湿っていた。まだ達してはいないようだが、先走りの液をたっぷりと出しているようだ。下着の上から性器を揉《も》むと、ぬるぬるとした触感が伝わってくる。

「あ、あ、殿下、あっ」

布越しの愛撫《あいぶ》が物足りないのだろう、リクハルドがもどかしげに腰を蠢《うごめ》かしている。

もう何度目かになる性交だ。無垢《むく》だったリクハルドの体は、かなりフェリクスの愛撫に慣れてきて、かなり感じやすくなってきた。

「殿下、ああ、殿下、あの」

「どうした」

「あ、あの……」

直接触ってほしいのだろうに言い出せなくて、リクハルドは濡《ぬ》れた目でねだるように見上げてくる。

「ふ、服を……脱いだほうがよろしいのでは……このままでは汚してしまいます」

リクハルドなりに考えた言い方だ。可愛すぎて笑いそうになってしまう。

「そうだな。汚しては洗濯係《せんたくがかり》の者に悪いから脱ごうか」

はい、と頷いたリクハルドから、脱ぎかけの寝間着と下着を剝《は》ぎ取《と》った。フェリクスはすでに下着だけになっていたので、さっさと全裸になる。

あらためて覆《おお》い被《かぶ》さろうとしたフェリクスを、リクハルドがぼうっと熱にうかされたような目で見つめていた。

「なんだ？」

「殿下のお体は、とても素晴らしいです」

おずおずとリクハルドの手が伸ばされてきて、フェリクスの肩や二の腕のあたりを撫でた。

「私の体が好きか」

「はい、大好きです。筋肉がしっかりとついていて、日々の鍛練《たんれん》による、たゆまぬ努力が窺《うかが》えます。私も鍛《きた》えたら、このように筋肉がつくでしょうか」

フェリクスはリクハルドのほっそりとした手足と薄い胸を見た。ここでの暮らしは後宮よりもあらゆる面で豊かなのだろう、はじめて会ったときよりもうっすらと肉がついてきた。しかし、それでもまだ細い。

おそらく、もともと華奢な体格なのだ。そのうえで、大切な成長期に後宮で満足な栄養を与えてもらえなかった。これから鍛えても、それほど逞《たくま》しくはなれないのではないだろうか。

「私のようになるにはかなりの努力が必要だろうな。リクハルドはいまの自分の体がいやなのか？　私は気に入っているのだが」

「殿下は、私のこの体を気に入ってくださっているのですか」

「そうでなければ、ほら、このようにはならない」

股間《こかん》で熱くなっているものをリクハルドの太腿《ふともも》に当ててみせた。あっとリクハルドが目を見開き、頬を赤くする。

「では、このままでいるように、努力します。ここでの食事はとても美味《おい》しくて、つい食べすぎてしまいそうになるので太りそうなんです」

ははは、と思わずフェリクスは笑ってしまった。

「私はべつに細身の男が好みというわけではない。リクハルドがリクハルドだから好きなのだ。あえて言うなら、あなたは痩《や》せすぎている。もう少し太ってもいい」

「ええっ、そんなふうに言われると気が緩《ゆる》んで……、きっと丸々と太ってしまいます」

丸々と太ったリクハルドを想像してみて、フェリクスはまた声を立てて笑った。

「それはそれで可愛いだろうな」

「そうでしょうか」

「見てみたい」

「本当に私が丸々とした体型になっても、こんなふうに抱きしめてくださいますか」

「なんだ、私の想いを疑うのか?」

「いえ、そんなことは……」

不安そうにしているリクハルドにくちづけ、手を伸ばして寝台横の引き出しから香油の瓶を取り出した。離宮の女官たちは心得ていて、性交用の香油を切らしたことはない。香油を指にとり、リクハルドの後ろに塗《ぬ》りこんだ。

「私はどんなリクハルドでも愛せる自信があるぞ」

「あ、ん……っ」

フェリクスの指を待ちかねたように、粘膜《ねんまく》が吸いついてくる。奥へと誘う動きに逆らって、浅い部分で指を出し入れした。リクハルドが感じる場所はもう知っている。そこを指の腹でぐっと押してやると、「ああっ」とまたしなやかに背筋をのけ反らせた。細くてきれいな形の性器からは、だらだらと先走りがこぼれている。髪とおなじ白金の陰毛がびしょ濡れになっているのが淫《みだ》らだった。

指を二本に増やす。抜き差しをすると、リクハルドが切なく喘《あえ》いだ。

「ああっ、あっ、んん、あうっ」

リクハルドはまるで美しい楽器だ。フェリクスは愛をこめてこの楽器を鳴らしている。指だけで鳴らすのもいいが、体を繋《つな》げると最高の音色を聞かせてくれるのだ。

解《ほぐ》れきったリクハルドの窄《すぼ》まりに、いきりたった股間のものをあてがう。ゆっくりと体を繋げた。

「ん、ん……うぅ……」

本来は性交に使う器官ではないのだ。挿入時《そうにゅうじ》、いつもリクハルドは苦しそうに眉間《みけん》に皺《しわ》をつくる。けれどフェリクスへの愛で耐えてくれていた。

愛《いと》しくてたまらない。だからフェリクスは、できるだけよくしてあげようと、体を繋げてからリクハルドのいいところを探し、突いてやる。できるだけ長く感じさせ、官能的な音色を聞いていたいのに、すぐに絶妙な加減で締めつけられる。早くも射精感が襲いかかってきた。それを堪《こら》え、リクハルドをよがらせるために腰を振った。

「ああ、ああっ、ああっ、でんか、あああぁぁ」

ふだんは清楚《せいそ》な佇《たたず》まいを崩さないリクハルドが、慎《つつし》みをかなぐり捨てて官能に溺《おぼ》れ、「もっと」と縋《すが》りついてくる。可愛くて愛しくて、フェリクスの華奢な体を抱きしめる。

「ああ、リクハルド」

抱けば抱くほどに愛情が募《つの》っていく。一昨日《おととい》よりも昨日、昨日よりも今日、たまらなく愛しい。心から愛している相手との性交が、これほどの満足感と幸福感をもたらすのかとフェリクスはおどろいていた。過去に体を重ねた者たちとの性交など、溜まったものを発散するだけの、ただの運動だった。

リクハルドにとって自分がはじめての相手だと知っているが、同時にフェリクスにとってもこれほどまでに愛情を抱《いだ》かされたのはリクハルドがはじめてだった。自分の中に、こんなに熱い激情が潜んでいたなんて。

どれだけ大切にしても、どれだけ抱いても足りない。本心では、どこへ行くにも連れて歩きたいほど、離したくなかった。けれど自分は国王になる身。公私を分けなければならないし、リクハルドを晒《さら》し者《もの》にしたくなかった。自分の失態が、リクハルドのせいになっても困る。

この愛しい人を守るために、自分を律《りっ》していかなければならない。

だからせめて、夜だけは、リクハルドを思う存分に抱いて快楽を分かちあいたい。

「ああ、でんか、でんかぁ」

「リクハルド、ここだな、ここがいいんだな？」

「ああ、ああ、ああ、ああ、あーっ、あーっ、あーっ！」

リクハルドが身をのけ反《ぞ》らせ、泣きながら絶頂に達した。我慢の限界にきて、フェリクスも彼の腹の奥に体液を注ぎこむ。快感に震えるリクハルドを抱きしめて、余韻《よいん》を味わった。

乱れた呼吸を整えながら、涙に濡れたリクハルドの頬にくちづける。可愛い。可愛い。

「リクハルド、愛している」

心をこめて囁いた。腕の中で瞳を潤《うる》ませ、「私も」とちいさく返事をしたリクハルド。見つめあえば、また情欲がこみ上げてきてしまう。

「もう一度、いいか？」

「はい。何度でも」

私もほしい、と恥ずかしそうにリクハルドが求めてくれる。愛しすぎてどうにかなってしまいそうだと思いながら、フェリクスは二度目に挑んだ。

若い二人の夜は、数日置きであるがゆえに情熱的で、空が白みはじめるまで終わらないことが多かった。

◇

物音で目が覚めると、寝台の横にフェリクスが立っていた。女官に手伝わせて身支度《みじたく》を整えている。カーテンが半分だけ開けられていて、そこから差しこむ朝日が凜々《りり》しい王太子を照らしていた。

「殿下、おはようございます」

「ああ、起きたのか。おはよう、リクハルド」

女官を下がらせ、フェリクスは寝台に腰掛けた。上体を起こそうとしたリクハルドだが、全身が怠《だる》くてうまく動けない。昨夜なにがあったのかもちろん覚えているので、じわりと顔が赤らんだ。

「そのままでいい。昨夜は無理をさせた」

横たわったままのリクハルドに軽くくちづけてくる。フェリクスの碧い瞳がさも愛しそうにリクハルドを見つめるから、もう朝なのに激しかった昨夜の行為が体のそこここでよみがえってしまいそうになった。

「離れがたいが、そろそろ執務の時間だ。今夜、また来られるかどうかはわからない。明日も……わからない」

「殿下、お仕事を最優先してください。私のことは、ときどき思い出してくだされば、それで」

「わかっていないな、リクハルドは。私があなたに会いたくて我慢できないのだ。できれば毎晩でも抱いて眠りたい」

そんなふうに言われて嬉しくないはずがない。

「ここでの生活は静かで穏やかそうだが、私が通うにはやはり少し不便だ。後宮の工事を急がせる。戴冠式の前に引っ越せるようにしたい」

「ありがとうございます。楽しみです」

「私もだ」

フェリクスは優しい微笑みを残して仕事へ向かっていった。

リクハルドはそのまま二度寝をして、昼近くになってから起きだした。去り際にフェリクスが女官たちに「もう少し眠らせておいてほしい」とひとこと声をかけてくれたようで、だれも起こしにこなかった。

女官たちは黙って寝具を取り替えてくれ、リクハルドのために朝昼兼用の食事を出してくれた。彼女たちはとても働き者で、楚々《そそ》としていながら力仕事も難なくこなす。王城で働く女官たちは、みな貴族の娘で身元がはっきりしており、教養も身につけているという。

かつての後宮でリクハルドの世話をしていたのは、老いた侍従ばかりだった。女官とはいえ若い女性たちに囲まれる生活はどういったものになるのかと不安を抱《かか》えていたリクハルドだったが、過不足なく仕《つか》えてくれ、黄水宮の居心地は悪くない。

ただ彼女たちがあまり雑談に応じてくれないことを寂しく感じていた。

リクハルドの話し相手は、もっぱらソフィだった。ソフィとはいっしょに絵を描いたり、お茶の時間を楽しんだりしている。筆遣《ふでづか》いや絵の具の特性などを教えてもらい、とても勉強になっていた。ときには読んだ本の感想を言い合ったりもした。

もうすぐはじまる王妃教育についても、わからないことがあったらなんでも聞いてほしいと言ってもらえて心強い。

ある日、そのソフィと女官たちが賑《にぎ》やかに談笑している場面を偶然にも見てしまった。

彼女たちがリクハルドに冷たいように感じていたのは、気のせいではなかったのだ。仕事として仕えてはくれているけれど、親しくなるつもりはないのだろう。その楽しそうな雰囲気に、少なからず衝撃を受けた。

「ソフィ様、王太子殿下は本気でリクハルド様をあたらしい後宮に住まわせるおつもりなのですか？」

女官のひとりが不躾《ぶしつけ》にもソフィに尋ねた。ほかの女官が「なにを聞いているの。不敬よ」と止めてもふて腐れたような表情を隠しもしない。

「いくらきれいな方でも男性です。お世継ぎができませんわ。ソフィ様は王太子殿下のお子様をお抱きになれないということですよ」

「それはもう仕方がないことよ」

女官たちの言葉にソフィが困ったように微笑む。

「私は息子のすることをいっさい咎《とが》めないと決めているの。母親が味方にならなくてどうするの？　あの子はただでさえ重責を担《にな》っているというのに」

「それはそうですけど」

「リクハルドはいい人よ。贅沢を好まないし、穏やかで優しくて、なによりもフェリクスを愛してくれている。それだけで十分なのよ」

ソフィがそう言ってくれて、リクハルドは救われた。

「あなたたち、もうこの話をしてはいけません。この場かぎりにしてちょうだい。私はリクハルドを気に入っているし、彼は悪い人ではありません。それに、もしこんな話をフェリクスに聞かれたら、あなたたち全員解雇されるわよ」

ソフィは最後に女官たちをしっかり叱《しか》り、黄水宮を任された女主人としての威厳《いげん》を示した。

しかしその後、下がっていった女官たちが自分の持ち場に戻りながらも、さらに愚痴《ぐち》っぽくこぼしているのをリクハルドは聞いてしまった。

「王太子殿下、ゼーデルホルム家のご令嬢との婚約を正式に破棄《はき》されたそうよ」

「それはもうゼーデルホルム家は激怒したっていう話だけど、大丈夫なのかしら」

「ソフィ様は庇《かば》われていたけれど、リクハルド様っていつも絵を描くか読書されるかでしょう？　なにをお考えなのかわからないわ」

「王妃教育がはじまるそうだけど、十二歳のときに人質になってからまったく教育を受けていなかったそうじゃない。大丈夫なのかしら」

「一時の気の迷いならばいいんだけれど。王太子殿下には不幸になってほしくないわ」

そんな会話を耳にして、リクハルドは落ちこんだ。

やはり自分は王太子にふさわしい伴侶ではないのだ。自分のせいでフェリクスの立場が危うくなっているとしたら、悲しいどころではない。

しばらく絵筆を取る気になれず、リクハルドは自室にこもった。王妃教育の予習になればと歴史書や経済学の本を読みこんだが、冷静になれてはいないのか、あまり頭に入らなかった。

間の悪いことに、数日の間フェリクスの訪れがなかった。フェリクスと言葉を交わし、きつく抱いてもらえればささいな悩みごとなど吹っ飛んでしまうのに――。

アトリエに姿を現さないリクハルドを心配したソフィが、様子を伺《うかが》いに来てくれた。

「体調でも悪いの？　医師の手配をした方がいいかしら」

真剣にそう問われ、リクハルドは「そうではありません」と否定した。

「すこし、描く意欲がわかなくなっていただけです。なにもしていなかったわけではなく、こちらの本を読んでいました」

本の題名をちらりと見て、ソフィは気遣わしげな表情になる。

「勉強するのは悪いことではないけれど……なにか悩みごと?」

「いえ、そんな悩みというほどのことでは――。ちょっと気に掛かるていどの……」

「あなたが絵を描けなくなるほどの悩みがあるなら、聞かせてほしいわ。ここにいるあいだにあなたが病気にでもなってしまったら私の責任なのよ。息子に叱られてしまう。友人としても心配だわ。さあ、話してみなさい」

ソフィに強く促され、リクハルドは女官たちのことをぽつぽつと打ち明けた。

「ああ、聞いてしまったのね」

「女官たちの心配はもっともです。私は学もないし男ですし、フェリクス殿下にふさわしくないのではと……。もちろん、王妃教育は頑張るつもりですけど」

ため息をついたソフィは、しばらく考えてから静かに話し出した。

「彼女たちのことなど気にしなくていいのよ、と言ってしまうのは簡単だけれど、あなたは気になるのよね。いいこと、リクハルド、あなたが女官たちの気持ちを無視できずに悩むのはいけれど、ほどほどにしなさい。あなたがいまここで為《な》すべきは、フェリクスにふさわしいかどうか悩むことではないの。息子は毎日多忙で、疲れてここにやって来る。あなたに癒《いや》しを求めているのよ」

「癒し……」

「あなたが男で、子供が産めないことくらいフェリクスはわかっているし、婚約を破棄することでゼーデルホルム家を怒らせることもわかっていた。けれどそれでもあなたが欲しかったのよ。いろいろなことを犠牲《ぎせい》にして、たくさんの人を困らせたり怒らせたりしても、息子はあなたにそばにいてほしいと思った。その想いを、あなたは見失ってはいけない。だれがなんと言おうとフェリクスを信じて、ついていきなさい」

「ソフィ様……」

「私は前国王の側妃になったことを誇りに思っているのよ。微塵《みじん》も後悔はしていない。あの方は立派な国王でした。国を思い民を思い、つねに善政とはなにかと考えておられた。あの方が愛していたのはシルヴィアだったけれど、すこしは私もあの方の癒しになっていたと思う。それでいいの。あの方は私を大切にしてくださっていたし、私も心から敬愛していたわ。最期《さいご》までお側にいることができて、よかったと思っている」

自分の半生にカケラも後悔がない、ソフィのその凛《りん》とした逞しさは、リクハルドにはとても眩《まぶ》しく感じられた。

「そもそもゼーデルホルム家がなにほどのものだというの。私の実家よ。現在の当主は私の長兄。あの家が怒ったからといってなにがあると言いたいのかしら？」

ソフィは不敵に笑い、国内有数の大貴族であるゼーデルホルム家を、「遠くで吠《ほ》えているだけよ」と言い放った。

「リクハルド、フェリクスのことを思うなら、ここで身を引くなんて最悪の選択をしないでちょうだいね。息子はいま、生涯結婚しないことと子供をつくらないことを承知させようと、重臣たちを説き伏せているところなのよ。頑張っている息子の背中を撃《う》つような真似は、絶対にしないで」

リクハルドはハッとした。そうだ、リクハルドのためにフェリクスは努力してくれている。彼を応援し、感謝しこそすれ、その努力を無にするような行為はしてはいけない。

「近いうちに国王となる王太子は、その肩に背に、どれほどのものを担《にな》っているのかしら。私なら耐えられないでしょうね。フェリクスは気を抜くことができない毎日を送っている。あなたの前でだけ一人の男に戻ることができるのよ。あなたはフェリクスの癒しとなって、その愛情で疲労を拭《ぬぐ》い、あらたに力を与え、戦場でもある執務室へと送り出す。あなたにしかできないことだわ」

ソフィはきっぱりとそう言った。

十七歳で第二側妃として後宮に入り、十八歳でフェリクスを産んだソフィ。前国王は第一側妃のシルヴィアを寵愛していた。すべてを承知の上でソフィは前国王に仕え、二十六年間も後宮で生きてきたのだ。国母としての矜持《きょうじ》を見た。

「わかりました」

頷いて、リクハルドはあらためてここで生きていく決意を固めた。

「わかってくれたならいいの。またいっしょに絵を描きましょう。ちゃんと食事はとるのよ」

母性たっぷりの微笑みを残して、ソフィはリクハルドの部屋を出て行った。

ひとりになり、あらためてリクハルドは女官たちのことを考える。ソフィは気にするなと言ったし、フェリクスに相談してもおなじような言葉が返ってくるだろう。すべての女官たちがリクハルドを認めないという発言をしているとは思わないが、できるならばみんなと仲良くしていきたい。そのためにはどうすればいいか。

リクハルドは冷静になってゆっくりと考え、その夜、ひさしぶりに黄水宮を訪れたフェリクスにひとつの頼み事をした。

深夜、二人きりの寝室で、フェリクスはリクハルドの頼みを聞いて笑った。

「あなたが珍しく私に願いを口にしたと思ったら、そんなことか」

「一度は殿下にお渡ししたのに勝手だとは思いますけど」

「いいさ、用が済んだら返してくれるのだろう？　あれは私の寝室に飾ってある。きれいな額《がく》縁《ぶち》に入れて」

「そ、そうだったのですか。殿下の寝室に」

大切にしてもらっていると聞いて、リクハルドは胸がいっぱいになった。

「また殿下の絵を描いてもよろしいですか？」

「好きなだけ描くといい。すべて私の部屋に飾ろう」

「すべてですか？　きっと壁を埋め尽くしてしまいますよ」

「では執務室にも置こうか。楽しみだ」

嬉しいことを言ってくれるフェリクスの笑顔に、リクハルドは胸がいっぱいになる。

「殿下……」

「リクハルド」

フェリクスに抱きしめられて、リクハルドはうっとりと目を閉じた。やはりこの人が好きだと思う。だれがなんと言おうと、離れられない。離れたくない。

「あなたが女官たちと仲良くしようと思う、その気持ちは嬉しいけれど、無理はしなくていい。人と人には相性というものがあるのだ。女官は入れ替えることができる」

「はい。頑張ってみても駄目だったら、ひとりで悩まず、隠すことなく殿下に相談します」

「そうしてくれ」

優しく寝間着を脱がされて、体中にくちづけを受けた。素直に声を上げるとフェリクスは喜ぶ。リクハルドは愛する人にすべてを明け渡し、感じるままに悶《もだ》え、喘いだ。


翌日の午後、リクハルドのもとにフェリクスから絵が届いた。

寝室に飾ってくれているという、リクハルドが描いたフェリクスの小さな肖像画だ。

孤独な後宮暮らしの最後に、リクハルドはフェリクスから光をもらった。人を愛することも教えてもらった。想いのたけをこめて、四号の小さなキャンバスに愛しい人の笑顔を描いた。

それを当時の女官長ゲルダに預けて王城をあとにしたのだが、彼女はちゃんとフェリクスに渡してくれていたのだ。それを知ったとき、すでにゲルダは退職して王城を去っていた。まだ四十代半《なか》ばで定年には早かったが、フェリクスの命に背《そむ》いた責任を取ったようだった。

リクハルドは自分が描いた肖像画をあらためて見て、拙《つたな》さが目について困った。

あれからまだ一ヵ月ほどしかたっていないが、きっとこの期間に上達したのだろう。いまならここはこう描くのに、といろいろ思ってしまう。けれどこのときは、このときなりの精一杯だったのだ。二度と描けない絵ではある。

リクハルドはいつも絵を描いている半温室の部屋に女官たちを集めた。部屋の隅にはソフィが見守るように黙って座っている。

「みなさん、仕事中なのに呼び出してしまってすみません。どうしても、あなた方と話をしたくて無理を承知で頼みました」

困惑顔で十名ほどの女官たちがリクハルドの前に整列している。気まずそうに俯《うつむ》いている数名は、リクハルドを悪く話していた女官たちだ。

女官全員に、リクハルドはフェリクスの肖像画を見せた。

「これは、私が後宮にいたときに王太子殿下を描いたものです」

女官たちは「まあ」とか「あら」とか声を上げながら、小さな肖像画に見入った。

「後宮にいたときに一枚だけ、殿下を描きました。殿下との思い出がほしくて肖像画を描く許可をいただき、心をこめて、一筆一筆、色をのせました」

リクハルドはフェリクスが後宮での厳《きび》しい生活に同情してくれたこと、お金がなくて画材が買えないと話したら紙と絵の具を贈ってくれたこと、眩しいほど美しくて優しい殿下に惹かれて恋をしてしまったことを話した。

もちろん、フェリクスが最初はリクハルドを利用するためだけに近づいたことや、女官に変装してリクハルドがシルヴィアの部屋に忍びこんだことは言わない。あれについては死ぬまで——いや死んでも、だれにも言わないと決意している。

フェリクスがいかに素晴らしい人物か、リクハルドの境遇を不憫《ふびん》に思って心を寄せてくれたかを語っているうちに、気持ちが高ぶってきて涙が滲《にじ》んできた。

「私は殿下を愛してしまいました。かなわぬ想いだとわかっていたので、いったんは王都を離れて故郷に帰ろうとしました。けれど、殿下は私を探してくださった。小さな街の宿にいる私を見つけてくださり、愛していると、王城で暮らしてほしいと言ってくださいました。私は殿下の誠実な心に応《こた》えたいと思い、こうしてここにいます」

潤んでしまった瞳から涙がこぼれそうになり、リクハルドは指で拭った。ひとつ息をつき、毅然《きぜん》と顔を上げる。

「どうか、私を受け入れてください。私はここで殿下が望むように、穏やかに静かに暮らしていきたい。それだけなのです。ほかにはなにも望みません。あまり豊かではない小国の育ちなので贅沢は知りませんし、これから知るつもりもありません。仮の王妃として公《おおやけ》の場に立つことがあるでしょうが、国政に口を出す気など、微塵《みじん》もありません。殿下が許してくださるなら、福祉施設への慰問《いもん》や若い芸術家への支援などには関わりたいと考えていますが」

女官たちの顔をひとりずつ順番に見つめ、真摯に訴《うった》えた。彼女たちは全員、神妙な表情で聞いてくれている。

「けれど、どうしても私が受け入れられない方は、あとで申し出てください。悪いようにはしません。配置換えをするだけです。よろしくお願いします」

リクハルドが話を終えると、部屋の中には沈黙が落ちた。だれもなにも言わない。仕事に戻ってください、とリクハルドが言おうとしたとき、女官のひとりが「あの」と口を開いた。

「もうすこし近くで、殿下の肖像画を見せていただいてもかまいませんか?」

リクハルドが「どうぞ」と許可すると、彼女は数歩進み出て肖像画をじっくりと鑑賞した。それにつられてか、数人が寄ってきて、小さなキャンバスを取り囲む。

「殿下って、こんなに柔《やわ》らかな笑顔をされるときがあるのですね」

「いつも厳しいお顔をされているから、ちょっと怖いと思っていました」

「あら、リクハルド様とお話をされているときは、こんな笑顔よ？　あなた見たことないの？」

「なによ、その言い方。殿下の笑顔くらい見たことはあるけれど、こんな穏やかな表情ではなかったわ」

「これはきっとリクハルド様にしか描けない殿下の絵ですね。そうでしょう？　ソフィ様」

女官のひとりが静観していたソフィに話を振った。椅子からゆっくりと立ち上がり、ソフィが「そうね」と答えながら歩み寄ってくる。

ソフィはリクハルドの肩に手を置き、微笑みかけてくれた。

「リクハルドの愛がこもった絵よ。はじめて見たとき、私も驚いたの。いつも難しい顔をしている息子が、こんなに人間らしい表情をするときがあるなんて、って」

ソフィといっしょに女官たちが笑い声を上げた。

「みんな、この黄水宮に急に配置されて戸惑いはあるでしょうけれど、いつも私たちのために働いてくれてありがとう。私もリクハルドも、とても感謝しているわ」

ソフィがあらたまって語り出すと、女官たちはふたたび静かになる。

「今日、リクハルドがこんなふうにあなたたちを集めて肖像画を見せた意味を、よく考えてちょうだい。だれもが幸せを追求する権利があるし、日常を心地よく過ごしたいと思うのは当然のことなのよ。息子はいまリクハルドを大切に思っている。リクハルドに仕えることはフェリクスに仕えることとおなじなの。こんなこといまさら言われなくとも、あなたたちにはわかっていると思うけれど」

頼むわ、とソフィは微笑んだ。女官たちは優雅に腰を折って礼をし、静かに部屋を出て行った。うまくできたかどうかわからないが、とにかく言いたいことをなんとか伝えることができた。リクハルドはどっと疲れを感じ、近くの椅子を引き寄せて腰を下ろした。

「よく頑張りました。及第点《きゅうだいてん》をあげましょう」

「ありがとうございます」

リクハルドが力なく笑うと、励《はげ》ますようにソフィは背中を叩いてきた。その叩き方がフェリクスにとても似ていると気づき、笑みがこぼれる。

「配置換えを希望する女官がいたら、お願いできますか」

「ええ、大丈夫よ。これでも二十六年も後宮にいた側妃ですから、人脈はそこそこ築いているの。口をきいてあげるから心配しないで」

頼りになる姑《しゅうとめ》だと、リクハルドは心からありがたく思った。

翌日、率先してリクハルドを悪く言っていた二名の女官だけが配置換えを希望し、残りの女官たちは引きつづき黄水宮で仕えてくれることになった。

その一ヵ月後、後宮の改装工事が終わり、リクハルドの引っ越しが敢行《かんこう》された。荷物は衣類と画材、黄水宮で描いた絵だけだ。けれどリクハルドに与えられた後宮の一角には衣装部屋が二つもあり、すでに何十着もの煌《きら》びやかな衣装が収納されていた。

驚いているリクハルドに、フェリクスは「今後、必要になるものだから私が用意しておいた」となんでもないことのように言う。

「あの、私はそんな贅沢は……」

「贅沢というほどのことではない。あなたは私の正妃同然なのだから、公式の場ではそれなりの衣装をまとわなければ格好がつかないだろう？」

そう言われればそうなのかもしれない。それでも戸惑っていると、いろいろと荷物を運びこんでいる女官たちがフェリクスに同調した。

「リクハルド様、歴代の王妃様や側妃様、愛妾の方々にくらべたら、地味なものですよ」

「そうです。シルヴィア様なんて、陛下よりも目立つくらい着飾って平然としていらしたのに」

不敬など気にせずに、遠慮《えんりょ》なく口を出してくるのは黄水宮の女官たち。リクハルドと仲良くなった彼女たちは、そっくりそのまま後宮に移ってくれた。

せっかく慣れてきた黄水宮を離れ、これからは後宮の主人として暮らしていかなければならない不安を抱えていたリクハルドは、気心が知れた女官たちがついてきてくれることになって喜んだ。差配してくれたのは、もちろんソフィだ。

ソフィはそのまま黄水宮に残った。当分のあいだは王城の敷地内に留まる。本人としては、戴冠式が終わったら郊外に一軒家でも借りて自由気ままに市井《しせい》の人々を描いたり写生旅行に出かけたりしたかったようだが——周囲の忠告を聞き入れて護衛と侍女付きで——フェリクスが引き留めた。

「リクハルドの相談相手として、いつでも会える距離にいてほしい」

王太后として、後宮暮らしの大先輩として、リクハルドが困ったときに頼れる存在でいてほしいと息子に頼まれ、ソフィは一、二年ならと承諾《しょうだく》してくれたのだ。

王室の公式行事は一年中、あれこれと予定されている。王妃、あるいは側妃はその都度《つど》、国王の横に並んで参加する必要があった。リクハルドは十年も後宮で暮らし、各種の行事に出てはいたが、与えられたのは末席の中の末席だった。全容など理解できるはずもない。国王や側妃たちからはとても遠かったため、立ち居振る舞いなども垣間見《かいまみ》ることができなかった。今後、国王の唯一の愛妾として生きていくのならば助言者が必要だった。

黄水宮にはあたらしく若い女官たちが配置され、ソフィは彼女たちの教育までも受け持つことになった。

「王太后になってからの方が忙しいのはなぜなの」

そう不満を漏らしつつも、ソフィはフェリクスの期待に応えようとしてくれている。

黄水宮全体よりも広い空間が、リクハルドの住まいとなった。かつてシルヴィアが暮らしていた範囲よりも広いと、何度も忍びこんだことがあるリクハルドにはわかる。

「カーテンや絨毯が気に入らなかったら好きなものに取り替えていい。家具も、使い勝手が悪ければ職人を呼んであたらしいものを――」

「これでじゅうぶんです。殿下、私はすべて気に入りました」

「本当か？」

「本当です」

疑いの目で見られて、リクハルドは何度も頷いた。一目で最高級品だとわかる絨毯や家具を入れ替えるなんて、とんでもない。黄水宮に置かれたものもすべて高級品だったが、こちらもそうだ。

たしかに部屋によってはリクハルドの好みではない色柄の絨毯やカーテンが使われている。けれど取り替えるほどではない。

シルヴィアが後宮の予算を好きなように使っていたのはだれもが知るところだが、おそらく最初からそうではなかっただろう。贅沢には慣れてしまう。いつのまにかそれが当然になっていき、もっと好みのものを、もっと高級なものをと求めるようになってしまったのではないだろうか。

（私はそうならないように、気をつけよう）

リクハルドは気を引き締めた。その横で、「黄水宮よりもあなたが近くなった。もっと頻繁《ひんぱん》に会いに来られると思う」とフェリクスは上機嫌だった。

さっそくその夜、フェリクスは後宮を訪れてリクハルドの体を求めてきた。おそらくそうなるだろうと予想していたリクハルドは湯浴みを済ませ、寝室で待っていた。

「リクハルド」

明かりを抑えた寝室の中で、フェリクスが笑顔で抱きしめてくる。リクハルドも素直に喜びを表し、愛する人の背中に両腕を回した。

「ああ、やっと私のものになったと実感できる」

「私はいままでずっと殿下のものでしたよ？」

「わかっているが、後宮にいてこその愛妾だと、頭のどこかで思っていたのだろう。黄水宮は悪くなかったが、母もいたし――」

「黄水宮はとてもいい場所でした。ソフィ様にはずいぶんとよくしていただきましたし」

「あの離宮であなたが穏やかに過ごすことができたのはよかったが、私は落ち着かなかった。リクハルド、ここでなにをしてもいい。望むことがあればなんでも私に言ってくれ。あなたの居心地がいいように、私は心を尽くそう。だから、黙ってどこかに行くことだけはしないでくれ」

「殿下……」

「私はどうやら、数日とはいえリクハルドを見失ったことを引きずっているようだ。あのときは、私が悪かった。あなたのことを人任せにせず、自分で動くべきだった」

「そんな……。ああ、殿下」

リクハルドはフェリクスの顔を覗きこみ、その瞳を見つめた。蠟燭《ろうそく》の明かりを受けて揺らめいて見える碧い瞳には、傷ついた色がわずかに浮かんでいるような気がした。

あのときのことを、フェリクスがずっと気に病んでいたとは知らなかった。黄水宮で会うフェリクスはいつも穏やかな笑顔だったし、抱きしめてくれる腕は優しく力強く、くちづけは情熱的だった。胸に抱えた後悔をまったく感じさせなかった。

何度も閨《ねや》をともにしながら、フェリクスの心の傷に気づかなかった自分を、リクハルドは恥じた。

「殿下はなにも悪くありません。あのときは仕方がなかったのです。陛下がお亡くなりになり、殿下はとてもお忙しかった。私のことなどに構ってはいられないほどに」

「それでもだ。あなたを失意の中、たったひとりで城を追い出すような真似をしてしまった。あの数日間、あなたがどれほどの悲しみを抱えていたのかと思うと、申し訳なくてたまらない」

「たしかに、あの数日のあいだ、私は辛《つら》かったです。嘘は言いません。けれど、もうあのときのことに囚《とら》われないでください。私はいま幸せです。もう私は気にしていません。王都を離れた私を殿下がみずから探しに来てくださった。黄水宮という素晴らしい離宮を用意してくださり、ご多忙の中、殿下は何度も通ってきてくださいました。そしていま、こうして私のために後宮に手を入れて、暮らしやすいようにと心を砕《くだ》いてくださっています。私は、とてもとても幸せです」

「リクハルド……」

重なってきた唇を、リクハルドは労《いたわ》るように柔らかく吸った。

「殿下の苦悩に気づかず、申し訳ありませんでした」

「それこそリクハルドが謝ることではない。気づかれないように振る舞っていたのは私だ。内心を押し隠すことは王族にとって必要な技能だと教えられ、私は子供のころから訓練していたからな」

まだフェリクスは、素《す》のままの自分をリクハルドにさらけ出してくれていないということだ。ソフィが言っていたように、リクハルドは「癒し」というおのれの役目をまっとうしたい。

「では、これからは私になんでも話してくださいますか？　できるだけ殿下の心情を推《お》しはかることができるように気をつけますが、十年間も人と接する機会がありませんでした。たぶんあまり察しがよくない方ではないかと思います。どんなささいなことでも話してください。私は殿下と、喜びだけでなく悲しみや苦しみも共有したいのです」

そう訴えると、フェリクスが微笑んだ。

「そうか。私と共有したいか」

「あっ」

リクハルドはフェリクスに抱きしめられたまま、寝台に横たわった。二人で並んで寝そべり、見つめあう。

「私と殿下は、これからずっと、夫婦のように過ごしていくのでしょう？　喜びも悲しみも苦しみも、分かちあいましょう」

「ありがとう。嬉しいよ」

フェリクスの瞳が潤んだように見えた。ゆっくりと覆い被さってくる体を受け止め、リクハルドはすべてを愛しい人に任せた。

一糸まとわぬ姿になり、抱きあう。もう何度も抱かれたとはいえ、リクハルドには余裕などまだなかった。気持ちよくしてもらっている分をフェリクスに返したいのに、すぐに与えられる快感でいっぱいになり、わけがわからなくなってしまう。

フェリクスに触れられると、どこもかしこも敏感になって淫《みだ》らな声が出た。官能を教えられた後ろの窄まりは、とくに感じやすく貪欲になりつつある。香油を使ってフェリクスが後ろを解しはじめると、リクハルドは性急に体を繋いでほしくなるのが常だった。

「殿下、殿下、ああ、もうっ」

「まだだ。リクハルド、そう急《せ》かすな。まだ解しきっていない」

「でももう、おねがいします」

フェリクスの逞しい屹立《きつりつ》に抉ってほしくて、後ろが疼《うず》いてたまらない。

性交がはじまってすぐに挿入してほしいから、フェリクスが寝室に来る前に自分で解しておきたいと、羞恥《しゅうち》をこらえて申し出たことがあった。その方がフェリクスも楽なのではないかと言ったら、怒られた。

「それは私の役目だ。絶対に自分で準備をするな」

きつく言い渡されたので、湯浴みで体を清めること以外はしない。本当に、解すのは挿入する側の役目なのか疑わしいが、内容が内容だけに、だれかに確認するわけにもいかなかった。

いつも、リクハルドはフェリクスがもうじゅうぶんに解しきったと思うまで指で後ろを弄られ、悶えさせられる。全身への愛撫と指の挿入でさんざん感じさせられ、リクハルドの性器はとうに限界まで勃《た》ちあがり、たらたらと露《つゆ》を垂らしていた。いきたいのにいかせてくれないのも、フェリクスの考えだ。

「あなたはそう何度も気をやれないだろう。疲れてしまう」

そう言われればそうなのだが、リクハルドは辛かった。

長いこと焦《じ》らされて、泣いて懇願《こんがん》するころに、フェリクスはやっと挿入してくれる。フェリクス自身も激しく高ぶっているのに、よくぞそこまで我慢できるものだと感心するほどだ。

「あなたに痛い思いをさせたくないから我慢するのだ」

そう囁かれて、リクハルドは感激のあまりフェリクスの首に縋《すが》りつく。とろとろに蕩《とろ》けている後ろの窄まりに、フェリクスの剛直《ごうちょく》がゆっくりと入ってきた。待ち構えていたリクハルドの粘膜はそれに切なく絡みつき、奥へと誘う。

「ああ、私をそんなに待っていてくれたのか」

「殿下、あぁ、でんか……」

屹立は行きつ戻りつしながら奥を目指し、じわじわと腹の中を占領していく。それだけでリクハルドは忘我の域に達していた。ぐっと最奥《さいおう》を突かれた瞬間、絶頂に達する。一瞬、リクハルドの意識が飛んだ。

「リクハルド、大丈夫か？　リクハルド」

頬を軽く叩かれて、リクハルドは焦点《しょうてん》のあわない目でフェリクスを見る。

「でんか……」

「体を繋げただけで達したのだな。これで何度目だ。どこか悪いのではないか？」

心配げにフェリクスは言い、腰を引いて繋がりを解こうとする。慌ててリクハルドは両手足でしがみついた。

「殿下、お待ちください。私はどこも悪くありません。このまま、続けてください」

「しかし」

「気持ちがよくて、わけがわからなくなってしまっただけです」

羞恥をこらえて告げても、「そうか？」とフェリクスは疑わしげな表情をする。

「どのように気持ちいいと、気を失うほどになるのだ」

「あの、殿下が指で私の後ろを解されているときから、はしたない私の体は殿下のお腰のものを入れてほしくてたまらないのです。ですから、いざ殿下の逞しいものを挿入していただいたときは、その、この世のものとは思えないほどの快感に包まれて、私の頭の中は真っ白になってしまって、それで――」

「痛みはないのか？」

「まったくありません。殿下が丁寧に指で解してくださるので……。その、香油の助けもありますし、痛みはないです」

リクハルドは拙い言葉で、正直に答えた。とても恥ずかしいけれど、リクハルドがどう感じているかなど、フェリクスにはわからないのだから仕方がない。

話しているあいだ、優しいフェリクスはリクハルドの体を気遣って動かないでいてくれる。けれどリクハルドの内襞《うちひだ》は疼きはじめていた。一度達したくらいでは、もうこの体はおさまりがつかなくなっている。フェリクスが一晩に何度も求めてくるので、それに慣れつつあるのだろう。

「ですから、あの、お願いします。動いて、くださいませんか」

「もう動いてもいいのか」

「はい、どうぞ」

フェリクスがゆさっと腰を揺すってきた。リクハルドはそれだけで喘ぎ、じっとしていられずに背筋をくねらせる。自分が淫らな踊りを披露《ひろう》していることなど知る由《よし》もない。

リクハルドの体調を気遣うふりをしながら、フェリクスが閨の遊戯《ゆうぎ》としてあけすけな会話を秘《ひそ》かに楽しんでいることも知らない。

「どのように動くといいのだ。こうか？　それとも、こうか？」

「あ、あっ、どちらも、あんっ、どちらでも」

「どちらもいいのか、困ったな。私はどうすればいいのかな」

「殿下はもう、私の体のことならよくご存じなのではありませんか」

「もちろんよく知っているつもりだが、日によってあなたの体が微妙に変わることもあるだろう？」

「そうなのですか？」

「私はそう思うが」

「では、あの、では今夜はこのように」

羞恥をこらえながらリクハルドはみずから腰を動かしてみせ、よりいっそう感じてしまい涙目になった。ふるふると震えているリクハルドに、フェリクスが「そうか、それがいいか」と頷いて抱きしめてくれる。

「では、こうしよう」

「ああっ、あっ、殿下、ああん」

「いいか？」

「いい、いいです、ああ、殿下」

「可愛いな、リクハルド」

フェリクスの動きはしだいに激しくなり、リクハルドは嵐の中の小舟のように翻弄《ほんろう》されながら愛の言葉を聞いた。

「愛している、リクハルド」

「わ、私も、でんか、わたしも、お慕《した》いしています、あっ、あっ」

「本当に可愛いな、あなたは」

「ひ、ああっ、あうっ」

抱かれるたびに、もうこれ以上の快感はないのではと思うほどに感じさせられる。全身が蕩けて、フェリクスとひとつになれたような喜びに、頭が真っ白になった。

「あ、あ、あ、あ、あーっ、あーっ」

がくがくと全身を震わせながら、リクハルドはまた絶頂に押し上げられる。腹の奥に熱い迸《ほとばし》りを受け、それにも感じてリクハルドは泣きながら立て続けに達した。

唇にくちづけられ、情熱的に舌を吸われる。呼吸を奪われながら蕩けきった体を萎《な》えない剛直でぐずぐずとかき回され、リクハルドはあまりの快感に声もなく喘いだ。

「あ、ひ……ぃ、う……あぅ……」

ふたたび激しく動き出したフェリクスによって、さらに官能の渦《うず》に叩きこまれる。

気がついたら寝台に這《は》わされ、後ろからフェリクスに挑まれていた。はじめての体位ではないが、獣《けもの》の交合のような態勢は本能を刺激されるのか、いっそう乱れてしまう。

「あう、あっ、んっ、んんっ」

肉と肉がぶつかる音が派手に響き、リクハルドはたまらなく羞恥をかき立てられる。恥ずかしいのに快感が大きくて、敷布に爪を立てた。

「リクハルド、私のものを美味しそうに食《は》んでいるところがよく見える」

フェリクスが尻の谷間を広げるようにして抜き差ししている。そんなところをじっくり見られていることを教えられて、リクハルドは惑乱した。

「いや、見ないで、ください、殿下、いや」

「きれいな肉の色だ。リクハルド、恥ずかしがらなくてもいい。ああ、素晴らしい」

「ああっ、でんか、でんかぁ」

恥ずかしいと思えば思うほど快感が強くなるのはなぜなのか。リクハルドはわからないままに全身をがくがくと震わせながら、またもや絶頂に達した。

「あっ、ああ、ああぁぁぁっ」

身を揉むようにして気をやり、敷布に体液を垂らしてしまう。もう僅《わず》かな量しか出なかったが、快感は増していた。フェリクスは達しておらず、そのままの勢いで激しく腹の奥を突いてくる。腕の力が抜け、リクハルドは尻だけを高くかかげた状態になっていた。ひどく淫らな体勢になっていることもわからず、朦朧《もうろう》としながらもフェリクスが与えてくれる快楽を貪欲に受け入れている。

「くっ、リクハルド、私のものだ、私だけの……！」

「あうっ、ううっ、あぁぁっ！」

二度目とは思えないほどの量の体液が、腹の奥に注がれる。満たされていく感覚に陶然となりながら、リクハルドは胸を喘がせて愛しい男を振り向いた。

力が入らない手を伸ばすと、フェリクスが握ってくれた。正面から向き合い、汚れた体をぴたりと密着させる。フェリクスも呼吸が乱れていた。どくどくと勢いよく鳴っている鼓動が伝わってきて、その音すらも愛しい。

「殿下、ずっと……おそばに置いてください……」

「もちろんだ。私からも頼む。愛しているよ、リクハルド」

「私もです」

そっと唇を重ねる。

一新された後宮でのはじめての夜は、そうして更《ふ》けていった。


数日がたち、リクハルドは後宮での生活にすこしずつ慣れはじめていった。

王妃教育がはじまり、さまざまな分野の教師が後宮にやってくるようになった。自国の歴史と経済だけでなく、周辺諸国の成り立ちや語学に関する教師までもが揃《そろ》っていることに、リクハルドは驚いた。

教師の選考はフェリクスが行ったという。彼がリクハルドになにを求めているか、これでわからなければ愚《おろ》かだ。

(殿下は、本当に私を王妃として扱《あつか》うおつもりなのだ……)

そのための教育。本気でリクハルドを生涯の伴侶にしたいと思ってくれている。

身が引き締まる思いだった。

覚えなければならないことが山ほどあって大変ではあるが、フェリクスの期待に応えたいという一心で学び、リクハルドは毎日が充実していた。

フェリクスの戴冠式が十日後に迫《せま》ってきて、招待客がぞくぞくと王都に集まりだしたとリクハルドは女官たちから聞いた。国内の主《おも》だった貴族だけでなく、周辺諸国の王侯貴族たちもやってくる。さらに生活に余裕がある階層の庶民まで、物見遊山《ゆさん》で王都に入っていた。

戴冠式という慶事《けいじ》は数十年に一度しかない。式典の見物は一般には公開されていなくとも、王都の賑《にぎ》やかな空気だけでも感じたいという庶民が集まってきていて、王都は一気に人口が増え、宿はどこも満室だそうだ。

「ですから私の知り合いなどは、自宅の空《あ》き部屋を臨時の宿として貸しているそうなんです」

「まあ、ちゃっかりしているのね」

「いい収入になっているそうよ。ただ毎晩のように、その客が酔っ払って帰ってくるのだけは困りものみたい」

「あらまあ」

女官たちがクスクスと笑う。リクハルドも笑った。王妃教育のあいまにちょっとした雑談をするのは、いい息抜きになっている。

彼女たちがもたらす王城の外の話は、リクハルドにとってどれも面白《おもしろ》かった。十二歳のころから十年も後宮で暮らしていたリクハルドは、中庭くらいにしか出ない生活に慣れきっていて、自由に出歩きたいという願望はほぼない。女官たちも貴族の出身なので庶民ではないが、たまの休みには実家に帰ったり街歩きを楽しんだりするそうだ。リクハルドの知らない話をたくさん教えてくれた。

「私のことは、まだ公表されていないと聞いたのだけれど」

リクハルドの言葉に、女官たちは「そうですね」と頷く。

「王太子殿下が独身のまま即位なさるので、酒場ではいったいどなたと結婚するのかという失礼な賭《か》けが行われているとか」

「殿下にはリクハルド様という相愛のお相手がもういらっしゃるのよ。みんな知らないだけで」

「戴冠式のあと、落ち着いてから公表するのですよね？」

「殿下からはそう聞いている」

「でも、どこからか話が漏れていて、招待客のあいだではリクハルド様のことが噂されているとか」

戴冠式に招待されている貴族や諸外国の要人たちには話が回っているようだ、という話を、リクハルドは昨夜フェリクスから聞いたところだった。

「きっと大臣のどなたかが、ご家族にうっかり漏らしたのよ。そこから広まったんだわ」

「ずいぶんと口の軽い大臣がいたこと」

女官たちは怒っている。フェリクスが言うには、かつてシルヴィアに取り入っていろいろと便宜《べんぎ》をはかってもらおうとしていた貴族たちがいたように、リクハルドに面会を申し込む者がすでに何人かいるらしい。女官たちは後宮に不用意に近づこうする者からリクハルドを守るようにと、フェリクスから命じられたそうだ。

「リクハルド様、大丈夫ですよ。私たちがあなた様をお守りします。外では近衛騎士たちがしっかり見張っていてくださいますし、安心してください」

「ありがとう。みんな、頼もしいね」

たとえだれが近づいてきてもリクハルドは要望に応える気はない。シルヴィアのようにはならない、なってはいけないと、きつく自分に言い聞かせている。

しかし、思いがけない人物から面会の申し込みがあった。

「リスト・ヴィルタネン？　私の従兄《いとこ》の、リストが王都に来ているのですか？」

執務を抜けてきたというフェリクスからそう告げられ、リクハルドは戸惑った。フェリクスは渋い表情をしている。

「じつはヴィルタネン王国には戴冠式の招待状を出していない。自国が代替わりしたときにあなたに代わる人質を差し出さなかったうえに、父王クラエスの国葬《こくそう》を欠席した国だ。ずいぶんと舐《な》められたものだと正式に抗議してもよかったが、大臣たちからそれほどの価値もないという意見が出て、放置していた」

「私の母国が大変失礼をしました」

リクハルドは恐縮して頭を下げる。

「あなたが謝ることではない」

「でも現在の国王は私の従兄です」

リストはリクハルドの父王が亡くなったあと、国王の座に就いた。王太子だったリクハルドを勝手に廃嫡《はいちゃく》し、玉座を簒奪《さんだつ》したのだ。リクハルドにはなにもできなかった。遠く離れたアルキオ王国の後宮にいたし、日々の生活は貧しく、母国の母に手紙を出すことすらままならない状況だったからだ。

本来、国王が代替わりしたときに人質も交代する。リクハルドは王太子という立場だったから人質としての価値があった。リストが即位したのなら、リストの親か子が人質になるのが常識だった。けれどリストはなにもしなかった。アルキオ王国に言い訳の書状一通すら送らず、リクハルドにも一言のことわりもなかった。

五歳年上の従兄、リストとの思い出はそう多くない。子供時代の五歳の年の差は大きいうえに、リクハルドは王太子として育てられており、おなじ年頃の子供たちと遊んだ記憶があまりなかった。国の行事のときに顔を合わせるていどだった。

おそらく、リストは自国から出たことがない。あの山間《やまあい》の小さな国で生まれ育ち、そのまま国王になり、アルキオ王国の脅威《きょうい》を実感できていないのではないか――と、リクハルドは考えている。だから人質の交代を申し出なかったし、国葬の欠席などという礼を欠くことを平気でしたのだ。

「あなたは王都に戻ってから母親に手紙を書いただろう？　帰国せず、私の愛妾になりアルキオ王国に留まることにしたと」

「はい、簡単に事情を説明した手紙を書きました」

「私が思うに、リスト・ヴィルタネンはあなたの母親からそれを聞いたのではないかな。それで甘い汁を吸おうとして寄ってきたのだと思う」

フェリクスはそう推測した。

「私の手で面会の申し出を握りつぶして王都から追放してしまってもよかったが、まがりなりにもあなたの肉親だ。あなたの意見を聞こうと思って話した。どうする？」

「殿下……」

公正なフェリクスに、リクハルドは言葉に詰まる。なんて思いやりに満ちた王子だろう。

「本心を言えば、あなたをないがしろにした小国の王など、とっとと追い出してしまいたいくらいだ。二度と近づけないよう、ヴィルタネン王国の国民は何人たりとも王都に入れないようにしてもいいくらい、腹が立っている。あなたを犠牲《ぎせい》にして平然としていただけでなく、厚顔にもこの時期に堂々と王都入りして面会を申し込むなどと――恥を知れと殴《なぐ》ってやりたいくらいだ」

率直すぎるフェリクスに、リクハルドは思わず笑みをこぼしてしまった。

「そうですか。でも殴るのはやめてください。殿下のお手が傷つくといけません」

「笑っている場合ではない。あなたは優しすぎる。もっと怒れ」

「私は優しいわけではありませんよ。母国については、もうとうの昔に諦《あきら》めたので、いまさら腹が立たないだけです。それに、私の代わりに殿下が怒ってくださっているので、もういいのです」

「リクハルド」

切なそうに眉尻を下げたフェリクスの手を握り、リクハルドは「ご配慮くださって、ありがとうございます」と礼を言った。

「リストに会ってみようと思います」

彼がどんな大人になったのか、母国はいまどんな様子なのか、母と妹は元気なのか、聞きたいことがたくさんある。

「会うのか。楽しい時間にはならないと思うが」

「覚悟の上です」

いまここでリストを追い返したら、母国でだれになんと噂されるかわからないという恐れもある。フェリクスの心を射止めたとたんに高慢になり、母国の国王を足蹴《あしげ》にしたなどと悪評を振りまかれたくなかった。母と妹のためにも。そしてなにより、フェリクスのためにも。

リクハルドの真意を察したか、フェリクスがため息をひとつついた。

「あなたがそう決めたのなら、面会を許そう」

「ありがとうございます」

「ただし半刻だけだ」

「十分です」

心配そうな表情を隠さないフェリクスに抱きしめられて、リクハルドは感謝の気持ちで抱き返した。

翌日、さっそく面会の場が整えられた。

後宮の中には外部からの訪問者を迎えるための大小の応接室が用意されている。フェリクスがその中の一室を選んだ。

自室でそわそわとしながら待機していたリクハルドのもとへ、女官がリストの訪れを知らせてくれる。応接室へ行くと、一人の男が椅子に座っていた。

「ああ、リクハルド！」

入室したリクハルドに喜色を浮かべ、男は駆け寄ってくる。いきなりきつく手を握られて、リクハルドは驚いた。まじまじと顔を見つめる。

「リストですか？」

「ああそうだよ、おまえの従兄のリストだ」

十年間も会っていなかったが、顔立ちが激変しているわけもなく、たしかに従兄のリストだった。王城へあがるためにあたらしく正装を誂《あつら》えたのか、仕立てのいい服を着ている。しかしどこか野暮《やぼ》ったく、服に着られている印象があった。洗練されたフェリクスをいつも見ているせいかもしれない。彼はたとえ簡素な部屋着を身につけていても、滲み出る気品があった。

「ひさしぶりだな、リクハルド。元気だったか」

「ええ、リストも……元気そうですね」

妙に馴れ馴れしい従兄に、リクハルドは残念な気持ちになった。二人はこんな気安い関係ではなかったはずだ。

この場に女官たちがいなくてよかった。人払いしたのは正解だった。

いまのリクハルドは大国の次期国王の愛妾。たとえ血縁者でも節度を持った態度で会うべきなのに、リストはそれをしていない。女官たちがここにいたら、リストに怒りを向けていたかもしれない。それか、即座にフェリクスへ注進していたか。

「十年ぶりだ。懐かしいな。おまえは少しも変わっていない。あいかわらず線が細くて、表情が乏《とぼ》しい。髪を伸ばしているのは王太子殿下の好みか？」

「無精をしていたら伸びただけです」

「しかし驚いたぞ。人質兼愛妾として先王の後宮に入ったはずのおまえが、まさか王太子殿下の寵愛を獲得していたとはな。いったいどういう手を使って王子を籠絡《ろうらく》したんだ？　先王の存命中から密通していたんだろう？」

「リスト……そんな言い方はやめてください」

まだ握られたままだった手を振りほどき、リクハルドはリストから距離を取った。

「しおらしいふりをしなくてもいい。俺とおまえの仲だろう。従兄弟同士だ。腹を割って話そうじゃないか」

「なにを話すつもりですか」

「おまえのおかげで我が国にも運が回ってきたってことだ。貧乏暮らしはもうたくさんだ。せっかく国王になったのに節約節約でなにもできない。いいかげんうんざりしている。すこし融通してくれないか」

リクハルドは目眩《めまい》がしてきた。いきなり金の無心だ。リストは笑顔で椅子をひき、一人だけ座った。リクハルドの方は椅子に座ってゆっくり話をする気は失《う》せている。フェリクスは半刻かぎりと命じたが、その前に終わりにしたくなってきた。

「この国の後宮の予算は莫大《ばくだい》だと聞いている。それなのにいまはおまえただ一人だとか。一人占めできるということだ。故郷へ仕送りくらいできるだろう？」

「できません。私は独断で後宮の予算を分配するつもりは一切ありません」

「なにを言っているんだ。先王の側妃は自由に使っていたと有名だったじゃないか」

「シルヴィア様のことを言っているのですよね。あの方は長年にわたる浪費と不貞行為を咎められて追放されました。後宮の予算は、もとは国民から徴収《ちょうしゅう》された税金と王室直轄《ちょっかつ》地からの収入です。私は不要なことに大切なお金を使うつもりはありません。そもそもかつては百人規模の後宮だったから莫大な予算がついていたのです。いまは私一人。たいした金額ではないと思います」

リクハルドがそう言うと、リストは行儀悪くチッと舌打ちした。

「だったら王太子殿下から引き出してくれよ。十年の後宮生活で覚えた手練手管《てれんてくだ》で落としたんだろう？　かわいく甘えて閨でねだれば出してくれるんじゃないのか」

まるで男娼のように表現されて、リクハルドは悔しさのあまり唇を噛んだ。

十年間、リクハルドは孤独だけを共に生きてきた。いったいどこで手練手管を覚えるというのか。勉学の機会を奪われ、気安く人と話すことすら許されず、粗悪な紙に木炭で絵を描くことだけが楽しみだったのだ。

だが後宮の実態を知らない者たちは、リストのような想像をしているのだろう。愛欲に耽《ふけ》る後宮の愛妾たち――。もしかしたらリクハルドが知らないだけで、一部の愛妾たちはそうした遊びを楽しんでいたかもしれない。しかしリクハルドはなにも知らないまま十年過ごし、くちづけすらフェリクスがはじめてだったのだ。

けれど先王が存命中からフェリクスとたびたび会い、情を交わすほどの仲になったのは事実だった。

「セリーヌ叔母とエレナは、いま王宮の一角に住んでいる」

おもむろにリストが話題を変えた。セリーヌ叔母とはリクハルドの母で、エレナは妹だ。

「エレナを産んだあと病弱な体質になった叔母は、ずっと寝たり起きたりで無理はできない。先王だった叔父が亡くなったあと、面倒をみてきたのは俺の母だ。エレナは今年十二歳になった。俺の子供たちといっしょに教育を受けさせている。顔立ちは、なんとなくおまえに似ているかな。そろそろ女っぽくなってきて、いい感じだぞ」

「リスト……！」

気色《けしき》ばんだリクハルドに、リストはニヤリと悪い笑みを浮かべてみせる。

「おまえ、母親と妹が母国にいることを忘れていないか？　俺の一存で、セリーヌ叔母とエレナはどうとでもなるんだぞ」

つまり人質ということだ。リクハルドは自分自身が人質としてこの国に来たはずが、いまは母国に大切な母と妹が人質に取られている。

「母親と妹に仕送りすると思えばいい。実際、我が国が潤えば、俺たち王族の生活もよくなる」

「仕送りならば、直接、母にします」

「俺たち家族も住む王宮にいるのに、無事に届くと思っているのか？」

リストはニヤニヤと笑いながら、具体的な金額を口にした。耳を疑うほどの金額だった。人質として国を出る前、リクハルドは十二歳ながらすでに父王について国政のなんたるかを学びはじめており、当時の国家予算を聞いていた。いまリストが提示したのは、その国家予算の半分にもなる金額だった。

「無理です」

青くなりながらリクハルドが首を左右に振ると、リストは「無理じゃないさ」と笑う。なにがおかしいのか、リストはずっと笑っている。

「大切な母親と妹のためだろ？」

「無理です、そんな金額、私には出せません」

「おまえに出せとは言っていない。もうすぐ国王になる王太子殿下なら出せるだろうから、頼んでみてくれよ」

「いやです」

「頼む前から諦めるなよ」

「頼みたくありません」

シルヴィアのようにはなるまいと決意しておのれを律しているリクハルドを、フェリクスは温かい目で見守ってくれている。彼の信頼を損ないたくないし、こんな脅迫《きょうはく》に屈《くっ》したくはなかった。

母国が貧しいのはだれのせいでもない。けれど工夫しだいで改善できることがあるはずだ。リストはそうした努力をやり尽くしたのだろうか。節約を面倒がっている様子から、とてもそうは見えない。

「できません。私から大金を引き出そうとしても無駄です。私は絶対にあなたの言うとおりにはなりませんから」

頑《かたく》なに拒《こば》み続《つづ》けるリクハルドに、リストが苛立《いらだ》たしげな顔になった。

「じゃあ母親と妹がどうなってもいいと言うんだな」

「そんなことは言っていません」

母と妹の生殺与奪《せいさつよだつ》の権をリストに握られ、リクハルドの胸が引き裂かれるように痛んだ。

だが、フェリクスの愛妾となったいま、情に流されてまちがった判断をしてはいけない。

(ごめんなさい、母上、エレナ……。私を恨んでくれていい……)

リクハルドは心の中で母と妹に詫《わ》びた。

「成人を待たずに、エレナを俺の愛人にしてやろうか」

「そんな……」

最悪の脅《おど》しにリクハルドが息を飲んだときだった。応接室の扉が、予告もなく大きく開いた。

◇

覗《のぞ》き穴《あな》から窺えるリストという男は、小国とはいえ一国の王の器ではなかった。

言動が愚かすぎて、内面が容姿に滲み出ているように感じる。浅黒くむくんだような顔と歪んだ口元は品がなく、リクハルドにどこも似ていない。フェリクスが愛する、リクハルドの素《そ》朴《ぼく》だが繊細《せんさい》な美しさはカケラも見いだせなかった。本当に血が繋がった従兄弟なのかと疑いたくなる。

いや、似ていなくてよかったと思うべきか。これで下手《へた》に容姿が似ていたら許せなかったかもしれない。

「だったら王太子殿下から引き出してくれよ。十年の後宮生活で覚えた手練手管で落としたんだろう？　かわいく甘えて閨でねだれば出してくれるんじゃないのか」

そう言い放ったリストの顔には、醜《みにく》い嘲笑《ちょうしょう》が浮かんでいた。同性の愛人になった従弟を小馬鹿にしているようにしか見えない。この国では同性愛は禁忌《きんき》ではない。現に愛妾兼人質として何人も後宮に男がいたくらいだ。リストは完全な異性愛者なのだろうが、国を統《す》べる王ならば性指向によって差別をしてはいけないことくらいわかっているだろうに。

フェリクスはぐっと拳《こぶし》を握って怒りを堪えた。

「おまえ、母親と妹が母国にいることを忘れていないか？　俺の一存で、セリーヌ叔母とエレナはどうとでもなるんだぞ」

故郷で暮らす母親と妹を盾《たて》に取られ、リクハルドは辛そうだった。

「できません。私から大金を引き出そうとしても無駄です。私は絶対にあなたの言うとおりにはなりませんから」

それでもリストの要求をはね除けている。フェリクスは思わず苦笑を漏らした。

フェリクスが愛した人は、か弱そうに見えて強い。わずか十二歳までとはいえ王太子としての教育を受けていたからだろうか。それともフェリクスのために耐えているのだろうか。

どちらにしても、そろそろリクハルドを助け出してやりたい。リストとの面会をフェリクスが覗き見をしていることを、リクハルドは知らない。後宮にある応接室の中には、こんなふうに覗き見ができる仕掛けがされた部屋があり、今回は最初からフェリクスがそれを利用することを考えて部屋を指定したのだ。

大切なリクハルドを、礼儀もなにもなっていない従兄と二人きりで会わせられるわけがなかった。どうせ金の無心だろうと予想がついていたこともある。

「成人を待たずに、エレナを俺の愛人にしてやろうか」

リストの外道《げどう》な発言が聞こえたと同時に、フェリクスは覗き穴から離れて隠し部屋から出た。

わざといきなり扉を開けて入室してやった。リストがぎょっと目を剝《む》いて硬直する。リクハルドはフェリクスを見て、安堵《あんど》したような目をした。その瞳は涙で潤んでいる。どれほど悔しく辛い思いをしたのか。

「そなたがリスト・ヴィルタネンか」

「は、はいっ」

リストは慌てて椅子から立ち、ぎくしゃくと礼をした。

「私はフェリクス・アルキオ。この国の王太子である。じきに即位して国王になる予定だが」

「このたびは、おめでとうございます」

リストは気持ちの切り替えが得意のようで、すぐに媚《こ》びたような笑顔になった。

「リクハルド、十年ぶりに会った従兄との会談はどうだった」

フェリクスはリクハルドに歩み寄り、堂々と腰に腕を回した。リストに見せつけるように白金の髪にくちづける。潤んだ紫の瞳が、フェリクスになにかを訴えるように見上げてきた。けれどこの場でリストの要求を打ち明けるつもりはないのか、嚙みしめられた薄い唇が開くことはなかった。

なにも心配するな、という思いをこめて、その薄い背中を撫でてやる。

「ところで、ヴィルタネン国王」

「はい」

ぴしっと背筋を伸ばし、リストは元気よく返事をした。フェリクスがリクハルドを寵愛している様子を目の当《ま》たりにして、希望が湧いたのかもしれない。

「戴冠式の招待状はヴィルタネン王国に送っていないはずだが、この時期に王都までなにをしに来たのだ？　庶民に混じって慶事にわく王都の見物か？」

え、とリストは目と口を丸くした。

「我が父である先王の国葬を欠席した理由も聞きたい」

「あ、いや、その」

「人質の交代をしなかったことについても真意を説明してくれるか」

「ひ、人質……？」

リストはおろおろとリクハルドに視線を送っている。助け船を出せと目で訴えていたが、リクハルドは顔を背《そむ》けた。それでいい。

「そなたが王太子だったリクハルドを差し置いて即位したのには、なにか特別な理由があったのだろう？　そして、人質の交代もしなかったのは、よほどの事情があったと推察《すいさつ》する」

「あ……」

「この十年、リクハルドは故郷からの連絡がないことに耐え、母親とだけ年に一度の手紙のやり取りをすることでおのれの孤独を慰《なぐさ》めていた。国王が代替わりしたのなら人質も交代するのが常識だ。本来ならば、先王の姉でありそなたの母親である者か、そなたの息子か娘がリクハルドと入れ替わりにこの後宮に入らなければならなかった。だが、我が国には一報もなかったと記憶している。一国の王として、いったいどんな信念のもとにそうした行動をとったのか、納得できる説明をしてみろ」

そこでやっとリストはフェリクスが激怒していることに気づいたようだ。青くなり、俯いてぶるぶると震えている。リクハルドはフェリクスの上着の裾《すそ》をぎゅっと握っていた。

「私は、リクハルドを愛妾として後宮に留め置くにあたり、ヴィルタネン王国の内情を調査させた」

リストがギョッとしたように顔を上げた。

「そなたに代替わりしてから国が荒れ、国民の流出が顕著《けんちょ》らしいな」

「そうなのですか?」

リクハルドが動揺して縋りついてくる。かわいそうだが、事実なので頷いた。

「もともと目立った産業がなく慎《つつ》ましい生活を余儀《よぎ》なくされていた国だ。それなのに、そこの新王が税率を上げた。おのれが贅沢をしたいがために」

「そ、そんなことは――」

「ないとは言えんだろう」

反論は許さないとばかりに睨《にら》みつけた。リストは背中を丸めて小さくなる。

「生活苦に陥《おちい》った国民たちが土地を捨てて国境を越えているという報告があった。我が国にもかなりの人数が入ってきているようだ」

「そうだったのですか。なんてこと……」

リクハルドが悲痛な顔で萎《しお》れる。

「ヴィルタネン国王、こんなところで従弟に金の無心をしている場合ではないだろうが。小国には小国なりの生き方というものがある。そなたがやったことは、若気の至《いた》りというひとことでは片付けられない拙《まず》い政策だった。増税に反対した重臣もいただろうに、聞く耳を持たなかったのか。リクハルドから奪った玉座とはいえ、そなたはもう国王なのだぞ。重い責任を負ったのだ。国民を苦しめてどうする。しっかりと自覚して、国政と向き合え」

フェリクスの叱咤《しった》に、リストはますます項垂《うなだ》れる。自分のまちがいを指摘されただけでなく、大国を担うフェリクスの覇気《はき》に完全に押されていた。

「近衛！」

廊下で待機していた近衛騎士たちが、サッと入室してきた。

「この男を後宮からつまみ出せ」

「はっ」

近衛騎士たちがリストを取り囲む。リクハルドが慌てて「乱暴はしないでください」と口を出した。それはそうだろう。まがりなりにも従兄だ。近衛騎士が目で問うてきたので、フェリクスは仕方なく頷いた。

「丁重《ていちょう》にお帰りいただけ。ああ、そいつは外務次官のところへ連れていけ」

「外務次官でございますか？」

「おい、リスト」

もう国王と呼ぶのもいやになって、フェリクスは年上の隣国の王を呼び捨てにした。

「リクハルドに免じて国葬を無視したことと今回の後宮での無礼な言動は不問にしよう。だが王都に長く滞在することは許さん。追放に三日の猶予《ゆうよ》をやる。そのあいだに外務次官と面談し、難民となって流出している民をどうするべきか相談しろ」

「……相談……」

「頭を下げて援助を請え。それが失政により混乱を引き起こした国の王がとるべき行いだ。価値のない矜持など捨てて、大国に縋れ。無辜《むこ》の民のためだ、悪いようにしない」

「た、助けて、くださるのですか……」

「なんのためにリクハルドが十年間もおとなしくしていたと思っているのだ。国交のためだろう。後宮で金の無心などせずとも、正式に援助を頼めばよかったのだ。覚えておけ」

連れていけ、と命じると、近衛騎士たちは呆然としているリストを応接室から連れ出していった。

「ああ、なんてこと」

ふらついたリクハルドを支え、近くの椅子に座らせた。フェリクスも一緒に座り、その細い手を握りしめる。

「増税……国民が流出……。なにも知りませんでした」

「調査結果をあなたに話すかどうか、迷っていた。言わなくてすまない。あなたの故郷のことなのに。しかもあなたは王族で、元王太子だった」

「そうですね。教えてほしかったです」

不満を向けられ、フェリクスはもう一度「すまない」と謝った。

「殿下はどこかから、私たちを観察していたのですか？」

「あなたが心配で」

「いいえ。ありがとうございます」

覗き見をしていたことを不愉快には思われなかったようで、フェリクスはひとまず胸を撫で下ろした。なによりもリクハルドに嫌われたくない。

「リストがあれほど愚かだとは思ってもいませんでした。殿下は私の母国を助けてくださるのですか？」

「あなたの従兄は無能で心根が腐っているが、民に罪はない。隣国としてできるだけのことをしよう。しかし一度荒れた国を立て直すのは大変な労力が必要だ。あの国王は信用ができないので、我が国から監督役の官僚を送りこむことが、援助の条件となるだろう」

あまりやりすぎては内政干渉《かんしょう》になってしまう。さじ加減が難しいところだ。リクハルドもその点はよくわかっているだろう。

「民の生活を守るのが王の役目だと、私は父から教えられました。殿下の好意をありがたく思います」

人質については後日、あらためて二国間で話し合うことになるだろう。

「リクハルド、すこし考えたのだが」

はい、とリクハルドが信頼しきった目を向けてくる。可愛い。

「あなたの母親と妹を、ここに呼び寄せてはどうだろうか」

「殿下……」

リクハルドの目が大きく開かれて、じわじわと喜びに満ちていく。

「愛妾の家族を呼ぶことは、ままあることだ。ここにはあなたしかいないし、部屋はいくつも空いている」

「よろしいのですか?」

「近くにいた方が、あなたも安心だろう」

紫色の瞳から、ぽろりと涙がこぼれ落ちた。きれいな笑顔を見せながら、リクハルドは「ありがとうございます」と泣いた。

「妹は十二歳だとか」

「別れたときはまだ二歳でした。成長した妹に会いたいです」

「ここで必要な教育を受けさせることもできる。母親が病弱ならば、専属の医師と看護師をつけよう。あなたの大切な母親だ。長生きしてもらいたい」

「殿下！」

リクハルドが抱きついてきた。それだけでなく、フェリクスの胸に顔を埋《うず》めて手放しで泣いている。

「ありがとうございます。ありがとうございます。母国のことも、母と妹のことも」

リクハルドの涙には、さまざまな思いがこめられている。

従兄に侮辱《ぶじょく》されて脅されたこと、母国の窮状《きゅうじょう》を知らされたこと、そしてこれから母親と妹と暮らせる希望と――いくつもの複雑な思いだ。フェリクスはリクハルドの激情がおさまるまで、黙って背中を撫で続けた。

「殿下のお優しい心に感激しております」

ようやく顔を上げたリクハルドは鼻を赤くして両頬はびっしょりと涙で濡れている。感情を迸《ほとばし》らせているその様子もまた、可愛かった。

「優しいと言ってくれるのか。あなたにだけ格好をつけているのかもしれないぞ」

「そんなことはありません。殿下は人格者です。きっと素晴らしい国王におなりです。歴史に残ると思います」

「それはすごい」

はははは、と笑ったフェリクスに、リクハルドが「冗談で言ったのではありません」と拗《す》ねたような顔になる。あまりにも可愛いのでくちづけた。

◇

「とても素敵よ、リクハルド」

「なにからなにまで、ありがとうございます」

この日のために誂えた衣装を身につけ、リクハルドはソフィに礼を言った。

姿見にうつる自分は淡い緑色の生地で仕立てた長衣姿だ。詰襟《つめえり》と袖口《そでぐち》、裾のあたりには金糸で細かな刺繍が施《ほどこ》され、光があたるとキラキラと輝く。髪は後ろに撫でつけられて額が露《あら》わになっている。そこには繊細《せんさい》な意匠《いしょう》のサークレットが装着されていた。中央にはリクハルドの瞳の色に似た、親指の先ほどの大きさの紫色の宝石。それをぐるりと金剛石が囲んでいる。

「素晴らしくお似合いです」

リクハルドの身支度を手伝った女官たちが、感嘆《かんたん》したような声で褒《ほ》めてくれた。

「ありがとう」

フェリクスから今日の戴冠式に着けるようにと贈られたこのサークレットは、宝飾品に疎《うと》いリクハルドが見ても高級品だとわかる輝きを放っていた。とても受け取れないと怖《お》じ気《け》づいたリクハルドに、フェリクスは「あなたに似合う宝石をと思い、方々を探させたのだ」と苦労話をしてきて無下にできず、仕方なく使うことにした。

「こんな高価な宝石……。落としたらと思うと怖くて頭を動かせません」

「あら、それならちょうどいいわ。あれこれとうるさいことを言う貴族たちがいるでしょうけど、いちいち振り向かないように毅然《きぜん》としていなさいと注意しようと思っていたところなの」

そう言うソフィは簡素な意匠の黒いドレス姿で、宝飾品も控《ひか》えめだ。先王の第二側妃だったソフィは、一年間は喪《も》に服す必要がある。息子の戴冠式ではあっても、黒を身に纏《まと》う決まりらしい。けれどももともと高貴な生まれのソフィには隠しきれない気品と華があり、装飾のすくない黒いドレスを着ていても美しかった。

「さあ、行きましょう。今日は私から離れないで」

「よろしくお願いします」

「背筋を伸ばして、絶対に俯いてはいけません。フェリクスだけを見つめていなさい」

「はい」

リクハルドはソフィとともに王の間へ移動した。

王の間ではさまざまな国の行事が行われるが、そのどれともちがう緊張感が漂《ただよ》っていた。

舞台のように一段高い場所が造られており、そこに玉座が設《しつら》えられている。その玉座に向かって整然と数百の椅子が並べられていた。こんなにたくさんの椅子が王城のいったいどこに仕舞われていたのだろうかと唖然《あぜん》とするほどだ。

段取りを担当している侍従たちが、続々と集まってくる招待客たちをそれぞれの席に案内している。ソフィとリクハルドは最前列に進んだ。そこはフェリクスのもっとも近しい家族の席にほかならない。リクハルドは王太后となるソフィの隣に座る。王妃の席なのだと、フェリクスに教えてもらった。緊張のあまり喉がからからに渇《かわ》いてくる。

「あの方がフェリクス殿下の？」

「本当に男性なのね。先王の愛妾として後宮にいたんでしょう？」

「いったいどうやって殿下の寵愛を得るようなったのかしら」

「きっと男性にしか会得《えとく》できない秘技がおありなのよ」

「まあ」

背後からクスクスと笑い声が聞こえてくる。

この日、リクハルドははじめて公の場に顔を出したのだ。なにか言われることは予想していた。けれど実際に侮辱的な言葉が聞こえてくると辛い。ぐっと奥歯を噛みしめた。

「お美しい人だけど心根はどうなの。陛下から殿下に乗り換えたわけでしょう」

「乗り換えただなんて、そんなことおっしゃってはダメよ」

「ほら、あちらの方をご覧になって。ご息女が成人したばかりの公爵よ。恨めしそうに睨んでいらっしゃるわ」

「ご令嬢を殿下の後宮に送りこむおつもりだったんでしょうけど、残念だったわね」

「おお怖い。あの目を見てよ」

ひそひそと囁かれている言葉につられて、リクハルドも振り向きそうになってしまう。

「振り向いてはだめよ。気にしないの」

「……はい」

ソフィに小声で宥《なだ》められ、リクハルドは波立ちそうになった気持ちを抑えた。

「あなたに好意的な人もいるのよ。無駄の塊《かたまり》だった後宮が縮小されたのは、あなたのおかげですもの。私と趣味が同じだし、その存在を私が認めたこともあって、あなたと話をしてみたいと言っている人が何人かいるわ。私のお友達。そのうち紹介するから」

「でもあの、殿下がお許しにならないのでは。特定の貴族と親しくならないようにと……」

「あら、私が黄水宮で開くお茶会に、息子が口を出すの？」

ふふふ、とソフィが含み笑いをする。

「あなたは取り入ろうとする貴族たちにちやほやされて、自分がシルヴィアのようにならないか不安なんでしょうけど、大丈夫よ、その性格ならならないわ。それにフェリクスがあなたを管理したがっているのは、ただの独占欲。すべて言いなりにならなくてもいいの」

「独占欲……」

「我が息子ながら、執着心が強いわ。いったいだれに似たのかしら。私はそれほどではないと思うの。亡くなった陛下かしら？　何十年にもわたって、シルヴィアにはかなりご執心だったけれど」

ソフィがうんざりとした感じでため息をつくのがおかしくて、リクハルドは笑ってしまった。雑談のおかげで緊張感が薄れ、周囲の声が聞こえなくなった。

やがて時間がきて、すべての席が招待客で埋まった。

厳《おごそ》かな雰囲気の中、戴冠式がはじまる。

白い縁取りの真紅《しんく》のマントと純白の騎士服を身につけたフェリクスが現れた。その毅然とした姿、揺らがないまなざし、金色の髪が春間近の明るい陽光に輝き、神々《こうごう》しいほどだった。王の間は、水を打ったようにしんと静まりかえっている。

フェリクスはみずからの手で王冠を自分の頭に載せ、招待客たちに向き直った。

「私はいまアルキオ王国の第二十六代目国王となった。国のため、民のために、身命をなげうつ覚悟である」

朗々とした声が王の間に響き渡る。リクハルドは息を飲んで新王の言葉を聞いた。

（ああ、フェリクス殿下……いえ、たったいまから、陛下ですね。フェリクス陛下……）

リクハルドは感動のあまり、涙がこぼれそうになった。

なんて頼もしい新国王だろう。この国の民は幸せだ。フェリクスはきっと言葉のとおり、国のため民のために骨身を惜しまず働くだろう。リクハルドはそんなフェリクスを、陰ながら支えていきたい。

(あなたについていきます。どこまでも、いつまでも)

あらためてリクハルドは誓った。

「新国王陛下、万歳！」

招待客たちが立ち上がり、いっせいに声を上げる。

「万歳！　万歳！」

フェリクスは片手を上げてそれに応えた。すでに国王としての威厳に満ちているその姿に、人々は熱狂していく。

いつまでもやまない万歳の声の中、フェリクスが一瞬だけリクハルドに視線を向けた。一心にフェリクスだけを見つめているリクハルドに、かすかに頷く。

その日、アルキオ王国の空は青く高く、どこまでも澄み渡っていた。

あとがき

AFTERWORD……………………

—名倉和希—

こんにちは、またははじめまして、名倉和希《なくらわき》です。このたびは拙作《せっさく》「輝ける金の王子と後宮の銀の花」を手に取ってくださって、ありがとうございます。二〇二三年の小説ディアプラス・フユ号に掲載された中篇に、書き下ろしの後日談をプラスして一冊になっています。

ちょっと切ない後宮ものを書こうと思い、キラキラ王子フェリクスと清貧王子リクハルドが誕生しました。

正義感にあふれ、権謀術数《けんぼうじゅつすう》にはあまり向いていないフェリクスは、きっと今後、国政で苦労していくことでしょう。けれど理想を掲《かか》げて邁進《まいしん》していく国王に協力してくれる家臣もいるでしょうから、無理しないていどに頑張れ。プライベートでは癒《いや》しのリクハルドもいるしね。

リクハルドは国政や人事に口を出さない決意をしているので、フェリクスの疲れを癒すことと芸術方面の振興や福祉施設の慰問《いもん》などに注力していくでしょう。こちらもそれなりの苦労はあると思われます。国王の唯一の愛妾《あいしょう》で、しかも王妃待遇の男という、はじめての存在ですからね。フェリクスとリクハルドは、力を合わせて乗り越えていってほしいです。

今回のイラストは雑誌掲載時に引きつづき、石田恵美《いしだめぐみ》先生です。一昨年《おととし》、雑誌が届いたとき、あまりの美しさに興奮しました。今回の文庫表紙のカラーイラストも、描き下ろしてくださった分のモノクロイラストも素晴らしく、私の貧相な語彙力《ごいりょく》を補ってあまりあるほどの、圧倒的な画力に感動の連続です。

タイトル通りに輝いているフェリクスと、楚々《そそ》としていながらも芯の強さを秘めたリクハルド。彼らを魅力的に描いてくださって、感謝しています。

お忙しい中、大変ありがとうございました。

さて、この本が世に出るころには、例の花粉はそろそろ収束《しゅうそく》に向かっているでしょうか。

私は鼻炎にはならないのですが、ちょっと目が痒《かゆ》くなったり肌が荒れたりします。大好きな冬が終わってしまうだけでも憂《ゆう》うつなのに、体調の変化はホントに嫌ですよね。しかもこのあとには灼熱《しゃくねつ》の夏が待っています。ただでさえ夏は苦手なのに、年々暑くなっていますから、もうマジで夏だけ標高二千メートルくらいのところに住みたいです。なんて愚痴《ぐち》を言いつつも日本国内の現在の場所に住み続けているのだから、仕方がないですね。

私は今後も信州《しんしゅう》の片隅でコツコツとBL小説を書いていくので、よろしくお願いします。

それではまた、どこかでお会いしましょう。

名倉和希

この本を読んでのご意見、ご感想などをお寄せください。
名倉和希先生・石田惠美先生へのはげましのおたよりもお待ちしております。

〒113-0024　東京都文京区西片2-19-18　新書館
[編集部へのご意見・ご感想] 小説ディアプラス編集部「輝ける金の王子と後宮の銀の花」係
[先生方へのおたより] 小説ディアプラス編集部気付　○○先生

- 初出 -
輝ける金の王子と後宮の銀の花：
小説ディアプラス23年フユ号（vol.88）掲載「輝ける金の王子と後宮の花」を改題
後宮に咲く相愛の花：書き下ろし

[かがやけるきんのおうじとこうきゅうのぎんのはな]
輝ける金の王子と後宮の銀の花

著者：**名倉和希** なくら・わき

初版発行：2024年4月25日

発行所：株式会社 新書館
[編集] 〒113-0024
東京都文京区西片2-19-18　電話（03）3811-2631
[営業] 〒174-0043
東京都板橋区坂下1-22-14　電話（03）5970-3840
[URL] https://www.shinshokan.co.jp/

印刷・製本：株式会社 光邦

ISBN978-4-403-52597-1

ペットと恋はできません イラスト 陵クミコ
愛されたがりさんと優しい魔法使い イラスト 笠井あゆみ
ぼくの暴君は溺れるくらいに甘い イラスト 金ひかる

✤切江真琴 きりえ・まこと

お前が俺を好きすぎるので逃げようと思います イラスト 橋本あおい

✤久我有加 くが・ありか

キスの温度 イラスト 蔵王大志
光の地図 キスの温度2 イラスト 蔵王大志
長い間 イラスト 山田睦月
春の声 イラスト 藤崎一也
スピードをあげろ イラスト 藤崎一也
何でやねん！ 全2巻 イラスト 山田ユギ
無敵の探偵 イラスト 蔵王大志
落花の雪に踏み迷う イラスト 門地かおり
わけも知らないで イラスト やしきゆかり
短いゆびきり イラスト 奥田七緒
ありふれた愛の言葉 イラスト 松本 花
明日、恋におちるはず イラスト 一之瀬綾子
あどけない熱 イラスト 樹 要
月も星もない イラスト 金ひかる
月よ笑ってくれ 月も星もない2 イラスト 金ひかる
恋は甘いかソースの味か イラスト 街子マドカ
それは言わない約束だろう イラスト 桜城やや
どっちにしても俺のもの イラスト 夏目イサク
不実な男 イラスト 富士山ひょうた
簡単で散漫なキス イラスト 高久尚子
恋は愚かというけれど イラスト RURU
君を抱いて昼夜に恋す イラスト 麻々原絵里依
いつかお姫様が イラスト 山中ヒコ
普通ぐらいに愛してる イラスト 橋本あおい
恋で花実は咲くのです イラスト 草間さかえ
青空へ飛べ イラスト 高城たくみ
わがまま天国 イラスト 楢崎ねねこ
青い鳥になりたい イラスト 富士山ひょうた
海より深い愛はどっちだ イラスト 阿部あかね
ポケットに虹のかけら イラスト 陵クミコ
頬にしたたる恋の雨 イラスト 志水ゆき
魚心あれば恋心 イラスト 文月あつよ
思い込んだら命がけ！ イラスト 北別府ニカ
恋するソラマメ イラスト 金ひかる
恋の押し出し イラスト カキネ
におう桜のあだくらべ イラスト 佐々木久美子
君が笑えば世界も笑う イラスト 佐倉ハイジ
もっとずっときっと笑って イラスト 佐倉ハイジ
華の命は今宵まで イラスト 花村イチカ
嘘つきと弱虫 イラスト 木下けい子
幸せならいいじゃない イラスト おおやかずみ
酸いも甘いも恋のうち イラスト 志水ゆき
あの日の君と、今日の僕 イラスト 左京亜也
片恋の病 イラスト イシノアヤ
疾風に恋をする イラスト カワイチハル
恋の二人連れ イラスト 伊東七つ生
恋を半分、もう半分 イラスト 小椋ムク
七日七夜の恋心 イラスト 北沢きょう
愛だ恋だと騒ぐなよ イラスト 七瀬
アイドル始めました イラスト 榊 空也
知らえぬ恋は愛しきものぞ イラスト 芥
好きになってもいいですか イラスト ミキライカ
恋は読むもの語るもの イラスト 梨とりこ

✤栗城 偲 くりき・しのぶ

恋愛モジュール イラスト RURU
スイート×リスイート イラスト 金ひかる
君の隣で見えるもの イラスト 藤川桐子
素直じゃないひと イラスト 陵クミコ
ダーリン、アイラブユー イラスト みずかねりょう
いとを繋いだその先に イラスト 伊東七つ生
恋に語るに落ちてゆく イラスト 樹 要
君しか見えない イラスト 木下けい子
家政夫とパパ イラスト Ciel
同居注意報 イラスト 陵クミコ
バイアス恋愛回路 イラスト カゼキショウ
ラブデリカテッセン イラスト カワイチハル
社史編纂室で恋をする イラスト みずかねりょう
塚森専務の恋愛事情 イラスト みずかねりょう
経理部員、恋の仕訳はできません イラスト みずかねりょう
亜人の王×高校教師 イラスト カズアキ
ブラック社員の転生先はDom/Subユニバースの世界でした イラスト 篁 ふみ

✤幸崎ぱれす こうざき・ぱれす

ブラコンを拗らせたら恋になりました イラスト 佐倉ハイジ
1LDK恋付き事故物件 イラスト 陵クミコ
じゃじゃ馬オメガは溺愛なんて望まない ～くせものアルファと甘くない同居始めました～ イラスト 采 和輝

✤木原音瀬 このはら・なりせ

パラスティック・ソウル 全3巻 イラスト カズアキ
パラスティック・ソウル endless destiny イラスト カズアキ
パラスティック・ソウル love escape イラスト カズアキ
パラスティック・ソウル unbearable sorrow イラスト カズアキ

✤小林典雅 こばやし・てんが

たとえばこんな恋のはじまり イラスト 秋葉東子
執事と画学生、ときどき令嬢 イラスト 金ひかる
藍苺畑でつかまえて イラスト 夏目イサク
素敵な入れ替わり イラスト 木下けい子
あなたの好きな人について聞かせて イラスト おおやかずみ
デートしようよ イラスト 麻々原絵里依
国民的スターに恋してしまいました イラスト 佐倉ハイジ
国民的スターと熱愛中です イラスト 佐倉ハイジ
武家の初恋 イラスト 松本 花
ロマンス、貸します イラスト 砧 菜々
若葉の戀 イラスト カズアキ
管理人さんの恋人 イラスト 木下けい子
密林の彼 イラスト ウノハナ
可愛いがお仕事です イラスト 羽純ハナ
深窓のオメガ王子と奴隷の王 イラスト 笠井あゆみ
先輩、恋していいですか イラスト 南月ゆう
スターのマネージャーも恋してしまいました イラスト 佐倉ハイジ
王子ですがお嫁にきました イラスト 麻々原絵里依
恋する一角獣 イラスト おおやかずみ
囚われのオメガ王子と恋の奴隷 イラスト 笠井あゆみ
ひとめぼれに効くクスリ イラスト 橋本あおい
友達じゃいやなんだ イラスト みずかねりょう
王子と狼殿下のフェアリーテイル イラスト 小山田あみ
御曹司の恋わずらい イラスト 須坂紫那

✤彩東あやね さいとう・あやね

神さま、どうかロマンスを イラスト みずかねりょう
愛を召しあがれ イラスト 羽純ハナ
悪党のロマンス イラスト 須坂紫那
花降る町の新婚さん イラスト 木下けい子
赤獅子の王子に求婚されています イラスト カワイチハル
初恋も二度目の恋も イラスト 伊東七つ生

恋は不埒か純情か イラスト 高階 佑
恋の幸せ、降らせます イラスト 青山十三

✤沙野風結子《さの・ふゆこ》
兄弟の定理 イラスト 笠井あゆみ
獣はかくして交わる イラスト 小山田あみ
天使の定理 イラスト 笠井あゆみ
隷属の定理 イラスト 笠井あゆみ
獣はかくしてまぐわう イラスト 小山田あみ
獣はかくして囚われる イラスト 小山田あみ

✤菅野 彰《すがの・あきら》
眠れない夜の子供 イラスト 石原 理
愛がなければやってられない イラスト やまかみ梨由
17才 イラスト 坂井久仁江
恐怖のダーリン♡ イラスト 山田睦月
青春残酷物語 イラスト 山田睦月
なんでも屋ナンデモアリ アンダードッグ ①② イラスト 麻生 海
小さな君の、腕に抱かれて イラスト 木下けい子
レベッカ・ストリート イラスト 珂弐之二カ
泣かない美人 イラスト 金ひかる
おまえが望む世界の終わりは イラスト 草間さかえ
華客の鳥 イラスト 珂弐之二カ
色悪作家と校正者の不貞 イラスト 麻々原絵里依
色悪作家と校正者の貞節 イラスト 麻々原絵里依
色悪作家と校正者の純潔 イラスト 麻々原絵里依
色悪作家と校正者の多情 イラスト 麻々原絵里依
ドリアン・グレイの激しすぎる憂鬱 イラスト 麻々原絵里依
色悪作家と校正者の別れ話 イラスト 麻々原絵里依
ドリアン・グレイの禁じられた遊び イラスト 麻々原絵里依
色悪作家と校正者の初戀 イラスト 麻々原絵里依
太陽はいっぱいなんかじゃない イラスト 麻々原絵里依

✤菅野 彰&月夜野 亮《すがの・あきら&つきよの・あきら》
おおいぬ荘の人々 全7巻 イラスト 南野ましろ

✤砂原糖子《すなはら・とうこ》
セブンティーン・ドロップス イラスト 佐倉ハイジ
純情アイランド イラスト 夏目イサク（※定価651円）
204号室の恋 イラスト 藤井咲耶
言ノ葉ノ花 イラスト 三池ろむこ
言ノ葉ノ世界 イラスト 三池ろむこ
言ノ葉ノ使い イラスト 三池ろむこ
恋のはなし イラスト 高久尚子
恋のつづき 恋のはなし② イラスト 高久尚子
虹色スコール イラスト 佐倉ハイジ
15センチメートル未満の恋 イラスト 南野ましろ
スリープ イラスト 高井戸あけみ
スイーツキングダムの王様 イラスト 二宮悦巳
セーフティ・ゲーム イラスト 金ひかる
恋惑星へようこそ イラスト 南野ましろ
恋愛できない仕事なんです イラスト 北上れん
愛になれない仕事なんです イラスト 北上れん
恋はドーナツの穴のように イラスト 宝井理人
恋じゃないみたい イラスト 小嶋めばる
全寮制男子校のお約束事 イラスト 夏目イサク
恋煩い イラスト 志水ゆき
リバーサイドベイビーズ イラスト 雨隠ギド
世界のすべてを君にあげるよ イラスト 三池ろむこ
毎日カノン、日日カノン イラスト 小椋ムク
心を半分残したままでいる 全3巻 イラスト 葛西リカコ
青ノ言ノ葉 イラスト 三池ろむこ
僕が終わってからの話 イラスト 夏乃あゆみ
バイオリニストの刺繍 イラスト 金ひかる
月は夜しか昇らない イラスト 草間さかえ
オリオンは恋を語る イラスト 金ひかる
※「心を半分残したままでいる 電子限定単行本未収録短篇集 ～未来を半分残したままでいる～」は電子にて販売中。

✤伊達きよ《だて・きよ》
人生はままならない イラスト カワイチハル

✤月村 奎《つきむら・けい》
believe in you イラスト 佐久間智代
Spring has come! イラスト 南野ましろ
step by step イラスト 依田沙江美
もうひとつのドア イラスト 黒江ノリコ
秋霖高校第二寮 全3巻 イラスト 二宮悦巳
エンドレス・ゲーム イラスト 金ひかる
エッグスタンド イラスト 二宮悦巳
きみの処方箋 イラスト 鈴木有布子
家賃 イラスト 松本 花
WISH イラスト 橋本あおい
ビター・スイート・レシピ イラスト 佐倉ハイジ
秋霖高校第二寮リターンズ 全3巻 イラスト 二宮悦巳
レジーデージー イラスト 依田沙江美
CHERRY イラスト 木下けい子
恋を知る イラスト 金ひかる
おとなり イラスト 陵クミコ
ブレッド・ウィナー イラスト 木下けい子
すき イラスト 麻々原絵里依
恋愛☆コンプレックス イラスト 陵クミコ
不器用なテレパシー イラスト 高星麻子
嫌よ嫌よも好きのうち？ イラスト 小椋ムク
teenage blue イラスト 宝井理人
50番目のファーストラブ イラスト 高久尚子
恋する臆病者 イラスト 小椋ムク
すみれびより イラスト 草間さかえ
Release イラスト 松尾マアタ
遠回りする恋心 イラスト 真生るいす
恋は甘くない？ イラスト 松尾マアタ
ずっとここできみと イラスト 竹美家らら
それは運命の恋だから イラスト 橋本あおい
ボナペティ！ イラスト 木下けい子
耳から恋に落ちていく イラスト 志水ゆき
恋の恥はかき捨て イラスト 左京亜也
もう恋なんてする気はなかった イラスト 竹美家らら
恋愛小説家は恋が不得意 イラスト 木下けい子

✤椿姫せいら《つばき・せいら》
この恋、受難につき イラスト 猫野まりこ
AVみたいな恋ですが イラスト 北沢きょう
ひと恋、手合わせ願います イラスト コウキ。

✤鳥谷しず《とりたに・しず》
スリーピング・クール・ビューティ イラスト 金ひかる
流れ星ふる恋がふる イラスト 大槻ミゥ
恋の花ひらくとき イラスト 香坂あきほ
恋色ミュージアム イラスト みずかねりょう
新世界恋愛革命 イラスト 周防佑未
神の庭で恋萌ゆる イラスト 宝井さき
その兄弟、恋愛不全 イラスト Ciel
契約に咲く花は イラスト 斑目ヒロ
恋よ、ハレルヤ イラスト 佐々木久美子
探偵の処女処方箋 イラスト 金ひかる
溺愛スウィートホーム イラスト 橋本あおい
お試し花嫁、片恋中 イラスト 左京亜也
兄弟ごっこ イラスト 麻々原絵里依

紅狐の初恋草子 イラスト 笠井あゆみ
捜査官は愛を乞う イラスト 小山田あみ
捜査官は愛を知る イラスト 小山田あみ

✤名倉和希《なくら・わき》
はじまりは窓でした。 イラスト 阿部あかね
耳たぶに愛 イラスト 佐々木久美子
戸籍係の王子様 イラスト 高城たくみ
夜をひとりじめ イラスト 富士山ひょうた
ハッピーボウルで会いましょう イラスト 夏目イサク
神さま、お願い～恋する狐の十年愛～ イラスト 陵クミコ
愛の一筆書き イラスト 金ひかる
手をつないでキスをして イラスト Ciel
恋の魔法をかけましょう イラスト みずかねりょう
恋のプールが満ちるとき イラスト 街子マドカ
純情秘書の恋する気持ち イラスト 佳門サエコ
恋する猫耳 イラスト 鷹丘モトナリ
竜は将軍に愛でられる イラスト 黒田 屑
王子は黒竜に愛を捧げる イラスト 黒田 屑
魔女の弟子と魔眼の王の初恋 イラスト サマミヤアカザ
輝ける金の王子と後宮の銀の花 イラスト 石田惠美
※「竜は将軍に愛でられる・番外篇 王国のある一日」「竜は無垢な歌声に恋をする・番外篇 竜に愛を誓う」（イラスト：黒田屑）は電子にて発売中。

✤ひのもとうみ《ひのもと・うみ》
きみは明るい星みたいに イラスト 梨とりこ

✤間之あまの《まの・あまの》
ランチの王子様 イラスト 小椋ムク
溺愛モラトリアム イラスト 小椋ムク
ふたり暮らしハピネス イラスト 八千代ハル
初恋アップデート イラスト 八千代ハル

✤宮緒 葵《みやお・あおい》
奈落の底で待っていて イラスト 笠井あゆみ
華は褥に咲き狂う⑤ 兄と弟 イラスト 小山田あみ
華は褥に咲き狂う⑥ 恋と闇 イラスト 小山田あみ
華は褥に咲き狂う⑦ 神と人 イラスト 小山田あみ
鳥籠の扉は閉じた イラスト 立石 涼
華は褥に咲き狂う⑧ 比翼と連理 イラスト 小山田あみ
桜吹雪は月に舞う② 奉行と閻魔 イラスト 小山田あみ
※「華は褥に咲き狂う」1～4、（イラスト：小山田あみ）「桜吹雪は月に舞う」（イラスト：笠井あゆみ）「蜜家族」（イラスト：青山十三）、「悪夢のように幸せな」（イラスト：ミキライカ）、「覇狼王の后　上・下」（イラスト：カワイチハル）、「狂犬ドルチェ」（イラスト：石田惠美）は電子にて発売中。

✤八月 八《やつき・わかつ》
呪われ悪役令息は愛されたい イラスト ホームラン・拳

✤夕映月子《ゆえ・つきこ》
天国に手が届く イラスト 木下けい子
てのひらにひとつ イラスト 三池ろむこ
京恋路上ル下ル イラスト まさお三月
王様、お手をどうぞ イラスト 周防佑未
恋してる、生きていく イラスト みずかねりょう
あなたを好きになりたくない イラスト みずかねりょう
異界で魔物に愛玩されています イラスト 陵クミコ

✤ゆりの菜櫻《ゆりの・なお》
黄金のオメガと蜜愛の偽装結婚 イラスト カワイチハル
黄金のアルファと禁断の求愛結婚 イラスト カワイチハル

✤渡海奈穂《わたるみ・なほ》
甘えたがりで意地っ張り イラスト 三池ろむこ
ロマンチストなろくでなし イラスト 夏乃あゆみ
神さまと一緒 イラスト 窪スミコ
マイ・フェア・ダンディ イラスト 前田とも
夢は廃墟をかけめぐる☆ イラスト 依田沙江美
恋になるなら イラスト 富士山ひょうた
さらってよ イラスト 麻々原絵里依
正しい恋の悩み方 イラスト 佐々木久美子
手を伸ばして目を閉じないで イラスト 松本ミーコハウス
ゆっくりまっすぐ近くにおいで イラスト 金ひかる
兄弟の事情 イラスト 阿部あかね
恋人の事情 兄弟の事情2 イラスト 阿部あかね
未熟な誘惑 イラスト 二宮悦巳
たまには恋でも イラスト 佐倉ハイジ
カクゴはいいか イラスト 三池ろむこ
夢じゃないみたい イラスト カキネ
その親友と、恋人と。 イラスト 北上れん
恋でクラクラ イラスト 小嶋めばる
いばらの王子さま イラスト せのおあき
厄介と可愛げ イラスト 橋本あおい
絡まる恋の空回り イラスト 斑目ヒロ
運命かもしれない恋 イラスト 草間さかえ
ご主人様とは呼びたくない イラスト 栖山トリ子
俺のこと好きなくせに イラスト 金ひかる
さよなら恋にならない日 イラスト みずかねりょう
かわいくしててね イラスト 三池ろむこ
恋はまさかでやってくる イラスト 佳門サエコ
完璧な恋の話 イラスト 梨とりこ
それは秘密の方がいい イラスト 南月ゆう
抱いてくれてもいいのに イラスト 山田ノノ
恋は降り積む イラスト スカーレット・ベリ子
兄から先に進めない イラスト カワイチハル
恋した王子に義母上と呼ばれています イラスト もちゃろ